U0083245

民國文化與文學研究文叢

十二編

李 怡 主編

第6冊

黑草鞋：
1937～1945年現存中國抗戰電影文本讀解（下）

袁慶豐 著

國家圖書館出版品預行編目資料

黑草鞋：1937～1945 年現存中國抗戰電影文本讀解（下）／袁慶豐 著 -- 初版 -- 新北市：花木蘭文化事業有限公司，2020〔民 109〕
目 2+146 面；19×26 公分
（民國文化與文學研究文叢 十二編；第 6 冊）
ISBN 978-986-518-241-0（精裝）
1. 電影評論 2. 電影史 3. 中國
820.9　　109010988

人民共和國文化與文學叢書
八 編 第 六 冊　ISBN：978-986-518-241-0

黑草鞋：
1937～1945 年現存中國抗戰電影文本讀解（下）

作　者 袁慶豐
主　編 李 怡
企　劃 四川大學中國詩歌研究院
總 編 輯 杜潔祥
副總編輯 楊嘉樂
編　輯 許郁翎、張雅淋　美術編輯 陳逸婷
印　刷 普羅文化出版廣告事業
出　版 花木蘭文化事業有限公司
發 行 人 高小娟
聯絡地址 235 新北市中和區中安街七二號十三樓
電話：02-2923-1455／傳真：02-2923-1452
網　址 http://www.huamulan.tw 信箱 hml 810518@gmail.com
初　版 2020 年 9 月
全書字數 193162 字
定　價 十二編 14 冊（精裝）台幣 36,000 元

黑草鞋：

1937～1945 年現存中國抗戰電影文本讀解（下）

袁慶豐 著

目次

第零伍章 《塞上風雲》(1940～1942)——抗戰電影：左翼電影與國防電影的形態延續

閱讀指要：

從歷史源流上看，抗戰電影就是抗戰全面爆發前的國防電影，而國防電影又是1930年代左翼電影的升級換代版。中國電影製片廠1940年攝製、1942年上映的《塞上風雲》，是抗戰全面爆發後官方電影製片廠出品的抗戰電影之一，也是第一部以蒙漢兩族人民團結抗日為主題和題材的抗戰電影。鮮明的北方少數民族特色和區域特殊性既是影片的新特點，也是抗戰電影在結構、模式和基本元素等方面，完全是建立在對戰前左翼電影和國防電影形態的承接借用基礎上的證明。同時，又與左翼電影、國防電影中以漢民族為主體，以華北、東北和江南為主的地域特徵相區別。

關鍵詞：全面抗戰爆發；《塞上風雲》；抗戰電影；國防電影；左翼電影；

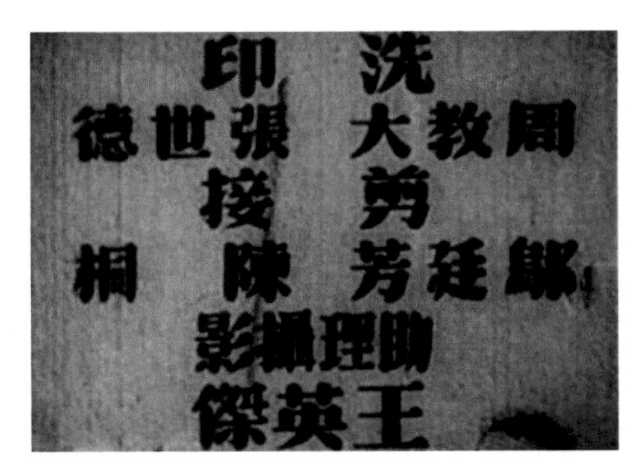

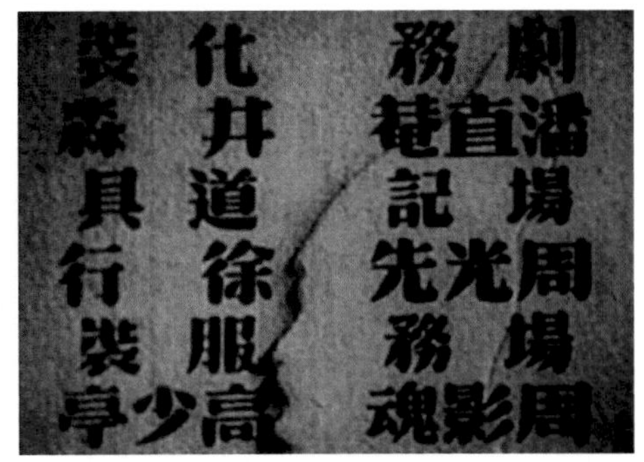

專業鏈接 1：《塞上風雲》（故事片，黑白，有聲），中國電影製片廠（重慶）1940 年出品（1942 年上映）。（優酷）視頻，時長 90 分 21 秒。

〉〉〉**編劇**：陽翰笙；**導演**：應雲衛；**攝影**：王士珍。

〉〉〉**主演**：黎莉莉、舒繡文、周伯勳、陳天國、王斑、周峰、吳茵、韓濤、李農、井淼。

專業鏈接 2：原片片頭字幕及演職員表

塞上風雲

影 攝

珍 士 王

景 置 音 錄

淦 盧 斌 質 官

印 洗

德世張 大教周

接 剪

桐 陳 芳廷鄒

影攝理助

傑 英 王

妝 化 務 劇

淼 井 巷 直 潘

具 道 記 場

徐 行 先 光 周

裝 服 務 場

亭 少 高 魂 影 周

曲 作

聰 思 馬　倫 家 盛

音　樂

嘉　　李

隊　樂

團樂響交華中

唱　合

班練訓部幹樂音團練訓央中

演　員　表

（序為後先場出以）

莉莉黎…………兒 花 金

文繡舒…………娜姬爾羅

峯　周…………瓦 魯 迪

茵　吳…………媽　　媽

國天陳…………雄 世 丁

斑　王…………桑　　郎

德進張…………父　　迪

濤　韓…………三 德 柳

風沙徐…………財 有 丁

農　李…………甲年青蒙

琛　田…………乙年青蒙

魂影周…………嘛 喇 某

庵直潘…………爺　　公

勳伯周…………揚 克 濟

淼　井…………生 金 韓

先光周…………丐　　乞

鷗夢顧…………甲年青漢

錚壽陸…………乙年青漢

演合員演體全廠本暨

演　導

衛　雲　應

寢陵的汗思吉成

洛霍金伊盟昭克伊在

專業鏈接 3：影片鏡頭統計

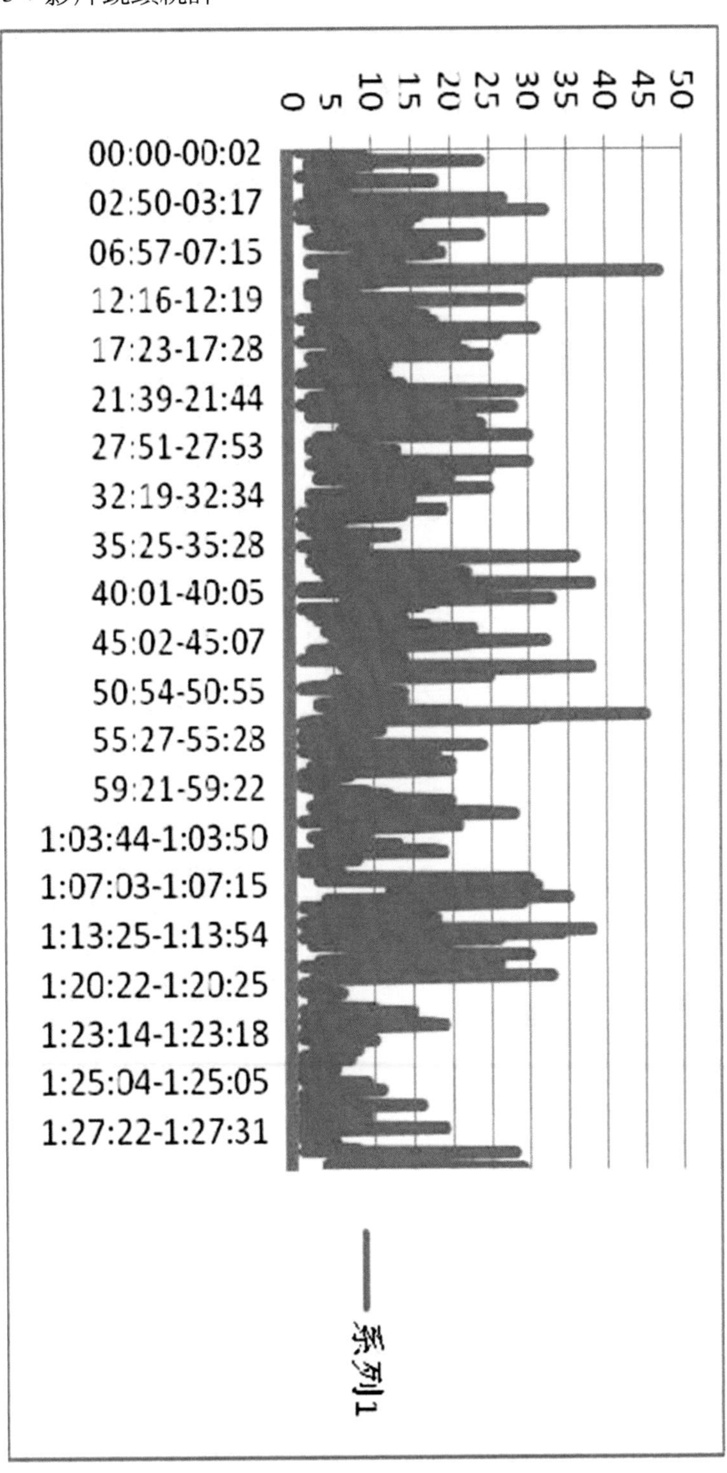

說明：《塞上風雲》全片時長 90 分 21 秒，共 545 個鏡頭。其中：

甲、小於和等於 1 秒的鏡頭 70 個，大於 1 秒、小於和等於 5 秒的鏡頭 200 個，大於 5 秒、小於和等於 10 秒的鏡頭 90 個，大於 10 秒、小於和等於 15 秒的鏡頭 70 個，大於 15 秒、小於和等於 20 秒的鏡頭 50 個，大於 20 秒、小於和等於 25 秒的鏡頭 23 個，大於 25 秒、小於和等於 30 秒的鏡頭 18 個，大於 30 秒、小於和等於 35 秒的鏡頭 8 個，大於 35 秒、小於和等於 40 秒的鏡頭 4 個，大於 40 秒、小於和等於 45 秒的鏡頭 1 個，大於 45 秒、小於和等於 50 秒的鏡頭 1 個，大於 50 秒的鏡頭 0 個。

乙、片頭鏡頭 8 個，片尾鏡頭 1 個；字幕鏡頭 1 個。

丙、固定鏡頭 436 個，運動鏡頭 99 個。

丁、遠景鏡頭 8 個，全景鏡頭 352 個，中景鏡頭 120 個，中近景鏡頭 12 個，近景鏡頭 21 個，特寫鏡頭 22 個。

（數據統計與圖表製作：玄莉群）

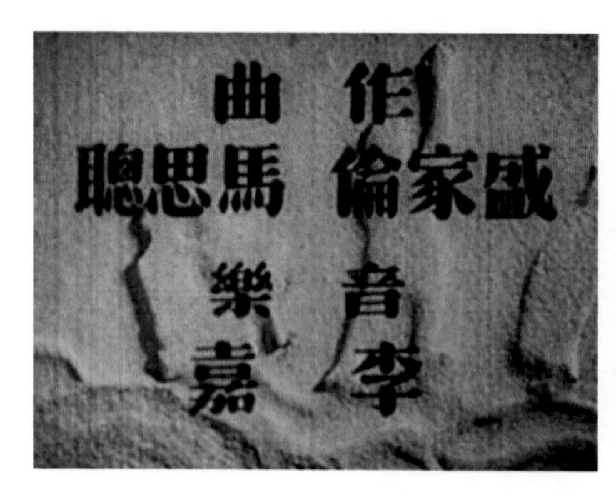

專業鏈接 4：影片經典字幕與臺詞選輯

「丁先生，你慢著，丁先生請你下來幫我趕趕羊好嗎？」——「哦？我當什麼了不得的事情呢。趕趕羊，這沒什麼關係。」——「你慢點兒走，我還有話跟你說呢。」——「那麼，就請你說吧。」——「聽人家說，你們漢人的女孩子長得都挺漂亮的。是嗎？」——「額，不見得都是那樣。」——「聽我哥哥說，你們的老家是遼寧，到我們這個地方來做買賣已經是六七年了，你難道不想念你的家鄉嗎？」——「想念的。」——「你想它什麼？是不是想念你家鄉那些女孩子？」——「請你不要胡說，我倒沒有想到這些的哈。」——「（笑聲）在你的家鄉，你難道就一個知心的女朋友都沒有嗎？……丁先生，你回來！」——「你還叫我幹什麼？」——「我還有話沒有說呢。」——「那麼就請你快點說吧。」——「我問你，那麼我問你，你喜歡不喜歡我們蒙古這個地方？」——「當然喜歡。」——「你……喜歡不喜歡我們蒙古女人？」——「什麼？蒙古女人？金花兒，你這樣的胡說，對得起迪魯瓦嗎？」——「這有什麼對不起他呢？」——「像迪魯瓦那樣勇敢淳樸的人，你不應該這樣地胡說來欺負他。」——「誰說我欺負他？瞧你這股傻勁兒，真把人氣壞了。」——「對不起，我可不能在這兒奉陪了！」——「哼！你想走嗎？！」——「哼！」

「丁先生，丁老伯！」——「金花兒，郎桑的事情怎麼了？公爺怎麼說呢？怎麼？公爺也不替你們想辦法嗎？」——「別提了，他還有什麼辦法？我現在只有希望您了，丁先生！」——「你放心好了，也許一兩天以內我們會把你哥哥給搭救出來呢。」——「用什麼方法搭救他呢？」——「額，請坐吧。我想我們一定會有法子把你的哥哥給救出來的！」——「我該怎麼樣地感謝你呢？」——「那，那倒用不著。這是我們的責任。嗯？迪魯瓦呢？」——「他？他不肯到這兒來。」——「那是為什麼呢？」——「你還不知道嗎？他說要殺你呢！」——「殺我？其實我倒不怕他殺我，我倒是怕他恨我！」——「我不懂，你的膽子為什麼這麼小呢？我現在倒要問問你，你究竟對我怎麼樣？」——「你為什麼在這個時候還問這樣的話呢？我們不是很好的朋友嗎？」——「你別瞎扯！你究竟愛不愛我呢？」——「迪魯瓦不是很愛你嗎？」——「他是他的事！你呢？你快說……快說，快說！」——「我……我……我……我實在是不敢愛你！」——「為什麼不敢呢？你這個膽小的東西！」——「慢著！金花兒，我派個人送你好不好？」——「用不著了！」

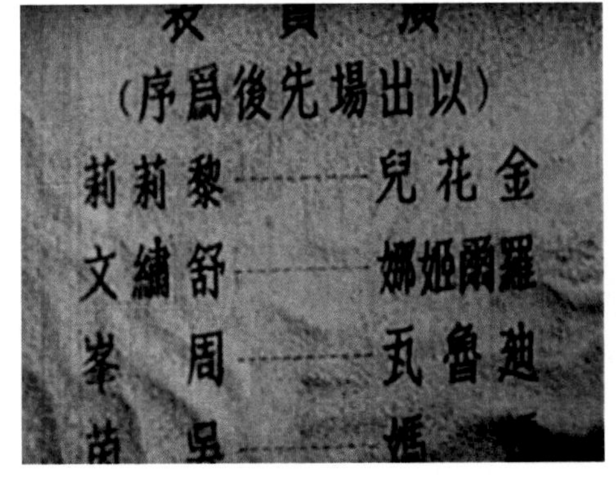

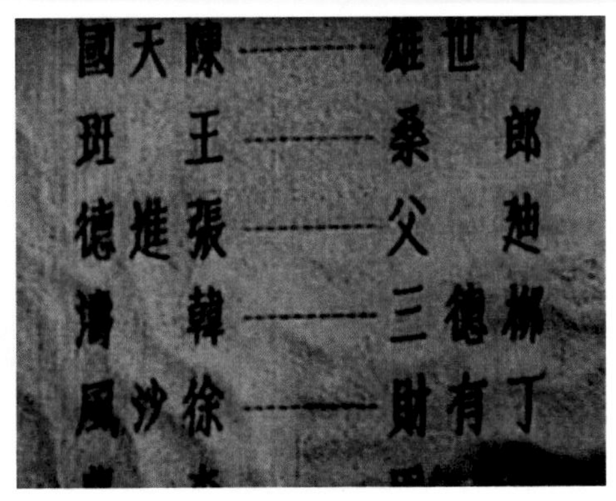

專業鏈接 5：影片觀賞推薦指數：★★☆☆☆

專業鏈接 6：影片學術價值指數：★★☆☆☆

甲、前面的話

《塞上風雲》的編劇陽翰笙曾說，此片的劇本最初「原定由上海新華電影公司拍攝的，『八・一三』日寇侵略上海，就沒拍成」〔1〕P3。後來，因「趙丹、陶金、葉露西、魏鶴嶺、劉郁民和顧而已等同志從東戰場來到武漢。他們缺少劇本，要求我在十五天內將《塞上風雲》由電影劇本改為話劇劇本」〔1〕P3。陽翰笙概括的劇本內容是：「蒙漢兩族人民團結抗日，粉碎漢奸特務破壞的鬥爭」〔1〕P3；其創作初衷，是因為日本著名的「田中奏摺」中提出的「欲征服中國，必先征服滿蒙」，日本侵略和國民黨反動統治階級歧視、欺壓各兄弟民族，造成了嚴重的民族隔閡，加之「九・一八」事變，日寇侵佔了東三省，成立了「滿洲國」，陽翰笙認為，蒙漢兩族人民的團結，是當時迫切需要解決的問題。〔1〕P4

根據陽翰笙自己的描述，1938 年初，話劇《塞上風雲》在武漢初次演出時即受到熱烈歡迎，而且演出範圍幾乎遍布四川各地，還進入包括延安在內的解放區，甚至還到了南洋一帶，是他所寫的話劇劇本中，演出場次最多的一個；後來，應中國電影製片廠應雲衛等人要求，他再一次在話劇的基礎上將其改編為同名電影，人物和情節都做了一些增刪。〔1〕P4

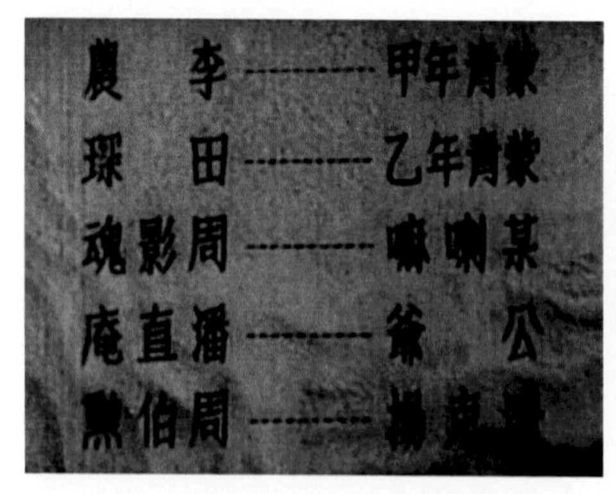

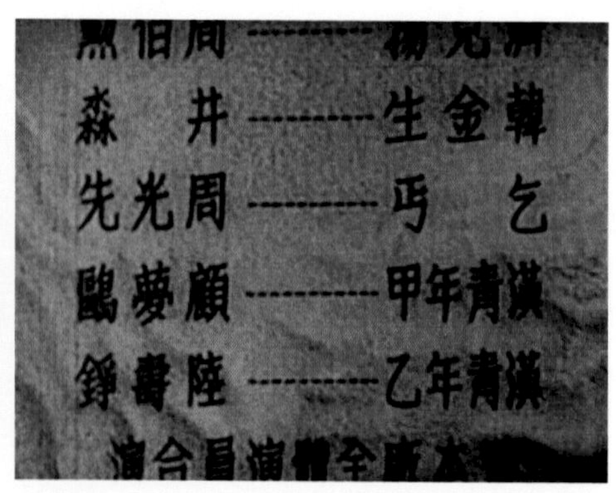

1949 年以後的中國電影史研究，充分肯定了影片「號召各民族團結一致抗日」的主題思想和題材的重要性，並稱之為「第一部表現這一題材的影片」〔2〕P53。「八・一三」淞滬抗戰，爆發於 1937 年的 8 月 13 日，因此可以推斷，《塞上風雲》的電影劇本，成稿於 1937 年全面抗戰爆發的 7 月 7 日之前。而再次改編的電影劇本於 1940 年 1 月份開拍，前後用了 9 個月時間，攝製組中途曾去過延安，10 月份回到的重慶[2] P53。

但是，這裡一定要特別注意的是，影片完成的時間是 1940 年，但上映的時間卻是兩年以後，即 1942 年 2 月[2] P55。這個其實不需要其他佐證，影片最後的那首插曲（即第三首插曲）的歌詞說的很明白。曰：抗戰五年，越戰越強（參見最後一張截圖）。顯然，這既是上映前的修正痕跡，也是文本之外的實際時間。

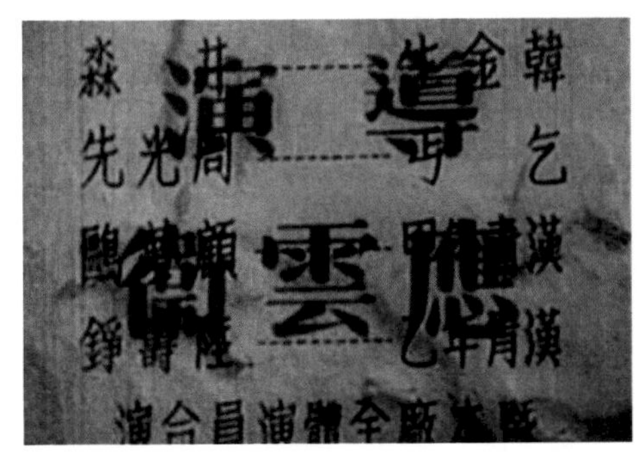

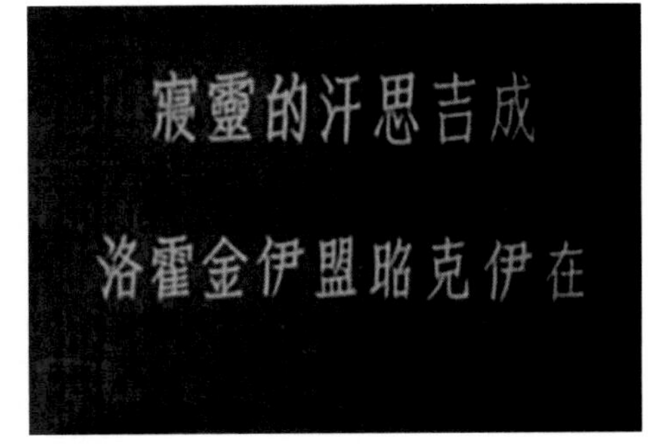

1990 年代末期和以後的中國電影史研究，同一位研究者一再強調《塞上風雲》因實地拍攝而使畫面產生出的「類紀錄片」的效果[3][4]。其他研究者還指出，影片的故事情節模式基本上符合抗戰電影的「成長」母題[5] P95，同時認為這是「抗戰期間大後方較有藝術追求的一部故事片，北國草原的自然背景、真實的民族服飾、清晰的故事結構和人物關繫以及常規的拍攝角度和剪輯，都相當符合實際生活的本來面目和事件發展的自然邏輯」[5] P96。也有人強調，作為導演在重慶拍攝的首部影片，其「角度也是中國戰爭片的第一次。雖然影片沒有涉及正規部隊作戰，但各民族團結起來與日本特務進行的戰鬥卻是這場偉大的抗日戰爭的一個縮影，在號召全民族起來參加抗戰的當時，具有非常重要的意義」[6]。

需要說明的是，中國電影製片廠（「中製」）在 1938 年的武漢時期，只出品了三部故事片，即《保衛我們的土地》、《八百壯士》、《熱血忠魂》；同年 9 月遷至重慶，直至 1945 年抗戰勝利，「中製」一共出品了十二部故事片，即《保家鄉》(1939)、《好丈夫》(1939)、《東亞之光》(1940)、《勝利進行曲》(1940)、《火的洗禮》(1940)、《青年中國》(1940)、《塞上風雲》(1940)、《日本間諜》(1943)、《氣壯山河》(1944)、《血濺櫻花》(1944)、《還我故鄉》(1945)、《警魂歌》(1945)[2] P419～422。

也就是說，迄今為止，中國電影製片廠在抗戰八年間出品的影片，現存的、公眾能看到的，只有《東亞之光》、《塞上風雲》和《日本間諜》這三部。顯然，這裡要討論的《塞上風雲》，既是抗戰時期官方攝製的珍貴影片之一，也是抗戰電影標本之一。

乙、《塞上風雲》：抗戰電影的新特徵與舊基礎

需要先行強調的是，1937 年 7 月抗戰全面爆發以後，直至 1945 年抗戰全面勝利，「國統區」——包括淪陷之前的香港地區（1937～1941）——拍攝的抗日題材影片，其實都是抗戰爆發之前、1936 年興起的國防電影（運動）的延續和形態轉換。換言之，全面抗戰爆發之後，所有抗日題材的影片，很多不再使用戰前的國防電影的名號，從學術研究的角度上，都應歸屬於抗戰電影的範疇。〔註 1〕

還需要說明的是，1937 年 7 月抗戰全面爆發之後，直到 1941 年 12 月太平洋戰爭爆發、香港被日軍佔領之前，香港拍攝的三部抗日題材的故事片《游擊進行曲》（1938 年攝製，1941 年改名《正氣歌》上映〔2〕P79）、《萬眾一心》（1939）、《孤島天堂》（1939〔7〕），在範疇上都屬於抗戰電影，但因為港英政府的管制，這三部影片，大體上還停留在 1937 年 7 月抗戰全面爆發前內地的國防電影形態階段，同時，又帶有鮮明的都市消費文化特徵和強烈的嶺南地域風情〔8〕，實際上為 1949 年後（直至 1960 年代）的香港電影，全面承接中

〔註 1〕對於國防電影，尤其是它與左翼電影內在和外在的、文化與市場、思想與藝術等層面和領域的承接關係，即我一直強調的，國防電影是左翼電影的升級換代版的問題，祈參見拙著《黑布鞋：1936～1937 年現存國防電影文本讀解》（臺灣花木蘭文化事業有限公司 2017 年 9 月版，「民國文化與文學研究」文叢七編，第二十一冊）各章的具體討論。

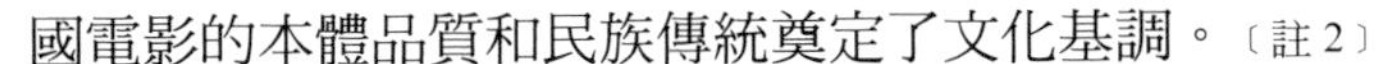
國電影的本體品質和民族傳統奠定了文化基調。〔註 2〕

子、《塞上風雲》的新特徵

抗戰全面爆發之後的抗戰電影，與 1930 年代初期的左翼電影和全面抗戰爆發前一年（1936 年）出現的國防電影，既有聯繫又有區別。以《塞上風雲》為例，可以發現兩個新特徵。

首先，用「日本鬼子」正面指稱日本侵略軍。

這一點，在抗戰爆發之前的國防電影之中是根本不被允許出現的。譬如，1936 年出品的國防電影，《狼山喋血記》是用獵戶團結起來一起「打狼」的故事來隱喻抗日〔9〕，《壯志凌雲》則是用兩個村莊的農民聯合起來抵禦「敵人」、「仇人」的故事，象徵民眾的抗日行為〔註 3〕。直到 1937 年 7 月全面抗戰爆

〔註 2〕《游擊進行曲》、《萬眾一心》和《孤島天堂》的具體信息，以及我對這三部影片的具體討論意見，祈參見本書第壹章、第貳章、第參章。

〔註 3〕《狼山喋血記》（故事片，黑白，有聲），聯華影業公司 1936 年 11 月出品。VCD（雙碟），時長 69 分 47 秒。原著：沉浮、費穆；編劇、導演：費穆；攝影：周達明；主演：黎莉莉、張翼、劉瓊、藍蘋、韓蘭根、尚冠武。我對這部

發前，當年出品的國防電影如《青年進行曲》，還是只能用「北軍」指代日軍（並且，與《壯志凌雲》一樣，影片中出現了「漢奸」的稱謂和人物形象）〔註 4〕；《春到人間》的時代背景，則被刻意設置於軍閥混戰的國民革命軍「北伐」時期——但影片裏的「敵軍」，明顯指的是事實上已然存在的侵華日軍。〔註 5〕

影片的具體意見，祈參見拙作：《國防電影與左翼電影的內在承接關係——以 1936 年聯華影業公司出品的〈狼山喋血記〉為例》，《佛山科技學院學報》2008 年第 1 期，第 17～19 頁。這篇文章的完全版和未刪節（配圖）版，先後收入拙著《黑白膠片的文化時態——1922～1936 年中國早期電影現存文本讀解》（上海三聯書店 2009 年版）和《黑布鞋：1936～1937 年現存國防電影文本讀解》，敬請參閱。

〔註 4〕《青年進行曲》（故事片，黑白，有聲），新華影業公司 1937 年出品。VCD（雙碟），時長 105 分 45 秒。編劇：田漢；導演：史東山；攝影：薛伯青；主演：施超、胡萍、許曼麗、顧而已、童月娟。我對這部影片的具體意見，祈參見拙作：《新電影的誕生是時代精神和市場需求的產物——以新華影業公司 1937 年出品的〈青年進行曲〉為例》（載《北京電影學院學報》2011 年第 3 期，第 51～55 頁）、《左翼電影-國防電影與新中國電影的血統淵源——以 1937 年新華影業公司出品的〈青年進行曲〉為例》（載《杭州師範大學學報》2011 年第 4 期），這兩篇文章的完全版和未刪節（配圖）版，先後收入拙著《黑夜到來之前的中國電影——1937 年現存國產影片文本讀解》（中國廣播電視出版社 2012 年版）和《黑布鞋：1936～1937 年現存國防電影文本讀解》，敬請參閱。

〔註 5〕《春到人間》（故事片，黑白，有聲），（「聯華」）華安影業股份有限公司 1937 年出品。DVD（單碟），時長 90 分 27 秒。編劇、導演：孫瑜；攝影：黃紹芬；主演：陳燕燕、梅熹、尚冠武、劉繼群、韓蘭根、洪警鈴。我對這部影片的具體意見，祈參見拙作：《〈春到人間〉：從左翼電影向國防電影的強行轉化——辨析孫瑜在 1937 年為中國電影所做的歷史貢獻》（載《當代電影》2012 年第 2 期）。這篇文章的完全版和未刪節（配圖）版，先後收入拙著《黑夜到來之前的中國電影——1937 年現存國產影片文本讀解》和《黑布鞋：1936～1937 年現存國防電影文本讀解》，敬請參閱。

需要補充說明的是，作為國防電影的前身，左翼電影也是不能出現諸如「日軍」和「日本鬼子」這樣的指稱。

譬如，1932 年的《野玫瑰》中雖然出現了「抗日義勇軍」的名號，但卻沒有出現日本侵略軍的稱謂〔註 6〕；同一年出品的《奮鬥》也是如此〔註 7〕。1933 年的《惡鄰》更為隱晦，用「暉士」和「黃矮子」影射日軍士兵〔註 8〕；同年出品的《小玩意》雖然用字幕直接表明「一・二八我軍的英勇，震驚了世界的耳目，提起了國人的精神」，但對日軍仍然使用「敵人」〔註 9〕。1934

〔註 6〕《野玫瑰》(故事片，黑白，無聲)，聯華影業公司 1932 年出品。VCD(雙碟)，時長 80 分鐘。編劇、導演：孫瑜；攝影：張偉濤；主演：王人美、金焰、葉娟娟、章志直、嚴工上。我對這部影片的具體意見，祈參見拙作：《〈野玫瑰〉：從舊市民電影向左翼電影的過渡——現存中國早期左翼電影樣本讀解之一》(載《文學評論叢刊》第 11 卷第 1 期，2008 年 11 月，南京，季刊)。這篇文章的完全版和未刪節（配圖）版，先後收入拙著《黑白膠片的文化時態——1922～1936 年中國早期電影現存文本讀解》和《黑馬甲：民國時代的左翼電影——1932～1937 年現存中國電影文本讀解》上冊（臺灣花木蘭文化出版社 2015 年版，「民國文化與文學研究」文叢第五編第二十三冊)，敬請參閱。

〔註 7〕《奮鬥》(故事片，黑白，無聲)，聯華影業公司 1932 年出品。中國電影資料館（北京）館藏影片，(殘片）時長：約 85 分鐘。編劇、導演：史東山；攝影：周克；主演：陳燕燕、鄭君里、袁叢美、劉繼群。我對這部影片的具體意見，祈參見拙作：《20 世紀 30 年代初期中國舊市民電影向左翼電影的轉型過渡——以聯華影業公司 1932 年出品的〈奮鬥〉為例》(載《浙江傳媒學院學報》2015 年第 1 期)。這篇文章的未刪節（配圖）版，收入拙著《黑馬甲：民國時代的左翼電影——1932～1937 年現存中國電影文本讀解》，敬請參閱。

〔註 8〕《惡鄰》(故事片，黑白，無聲)，月明影片公司 1933 年出品。VCD（單碟)，時長 41 分 15 秒。編劇、說明：李法西；攝影：任彭壽；主演：鄔麗珠、張雨亭、王如玉、王東俠、馬鳳樓。我對這部影片的具體意見，祈參見拙著《黑白膠片的文化時態——1922～1936 年中國早期電影現存文本讀解》第十九章：《現實政治的圖解和稀缺信息的影像傳達——〈惡鄰〉(1933 年)：跟風而起、順勢而作的左翼電影》，(未刪節版列為《黑馬甲：民國時代的左翼電影——1932～1937 年現存中國電影文本讀解》上冊第七章)，以及《由武俠片強行轉換而來的左翼電影——再讀 1933 年的〈惡鄰〉》(載《玉溪師範學院學報》2018 年 6 期，責任編輯：石健)。

〔註 9〕《小玩意》(故事片，黑白，無聲)，聯華影業公司 1933 年出品。VCD(雙碟)，時長 103 分鐘。編劇、導演：孫瑜；攝影：周克；主演：阮玲玉、黎莉莉、袁叢美、湯天繡、劉繼群。我對這部影片的具體意見，祈參見拙作：《民族主義立場的激進表達和藝術的超常發揮——對聯華影業公司 1933 年出品的〈小玩意〉的當下讀解》(載《汕頭大學學報》2008 年第 5 期)，這篇文章的完全版和其未刪節（配圖）版，先後收入拙著《黑白膠片的文化時態——1922～1936 年中國早期電影現存文本讀解》和《黑馬甲：民國時代的左翼電影——1932～1937 年現存中國電影文本讀解》；我對這部影片的最新意見，祈參加拙作：

年的《大路》，用「敵國」、「敵軍」暗示日本侵略軍。〔註 10〕1935 年的《風雲兒女》，儘管出現了「山海關危急」、「熱河失守，古北口血戰」以及「東北義勇軍」等敏感的時政信息，甚至發出「為民族爭自由，為國家爭疆土」的誓言，但對於日軍，影片也只能用「奸商」指代。〔註 11〕

因此，現存的、公眾可以看到的影片可以清楚地證明，國防電影是左翼電影的升級換代版本〔10〕。因此，左翼電影中對抗日問題的指向和對日軍的影射，這些特徵國防電影也同樣具備〔11〕。但抗戰全面爆發後，中國電影已經可以被允許、并正面表達中日兩國的軍事對抗，因此，在 1940 年攝製的《塞上風雲》中，才有了名正言順的「日本鬼子」的指稱。

《舊市民電影形態與左翼電影的新主題——再讀〈小玩意〉(1933)》(載《學術界》2018 年第 5 期，中國人民大學書報資料中心《複印報刊資料》2018 年第 8 期《影視藝術》全文轉載)。

〔註 10〕《大路》(故事片，黑白，配音)，聯華影業公司 1934 年出品。VCD(雙碟)，時長 104 分鐘。編劇、導演：孫瑜；攝影：裘逸葦；主演：金焰、陳燕燕、黎莉莉、張翼、鄭君里。我對這部影片的具體意見，祈參見拙作：《左翼電影製作模式的硬化與知識分子視角的變更——從聯華影業公司出品的〈大路〉看 1934 年左翼電影的變化》(載《蘇州科技學院學報》2008 年第 2 期)，這篇文章的完全版和未刪節（配圖）版，先後收入拙著《黑白膠片的文化時態——1922～1936 年中國早期電影現存文本讀解》和《黑馬甲：民國時代的左翼電影——1932～1937 年現存中國電影文本讀解》，敬請參閱。

〔註 11〕《風雲兒女》(故事片，黑白，有聲)，電通影片公司 1935 年出品。VCD(雙碟)，時長 89 分 10 秒。原作：田漢；分場劇本：夏衍；導演：許幸之；攝影：吳印咸；主演：袁牧之、王人美、談瑛、顧夢鶴、陸露明。我對這部影片的具體意見，祈參見拙作：《左翼電影的藝術特徵、敘事策略的市場化轉軌及其與新市民電影的內在聯繫》(載《湖南大學學報》2008 年第 3 期)。這篇文章的完全版和未刪節（配圖）版，先後收入拙著《黑白膠片的文化時態——1922～1936 年中國早期電影現存文本讀解》和《黑馬甲：民國時代的左翼電影——1932～1937 年現存中國電影文本讀解》，敬請參閱。

其次，鮮明的民族特色和區域特殊性。

全民動員、上下一體、「地不分南北，人不分老幼」地投身抗戰救國，這是抗戰電影的共通特徵，《塞上風雲》也不例外。但這部電影的特殊之處，在於描述蒙、漢雜居地區各民族的共同抗日。

在 1930 年代初期涉及抗日主題的左翼電影當中，譬如《野玫瑰》(1932)、《奮鬥》(1932)、《惡鄰》(1933)、《小玩意》(1933)、《大路》(1934)、《風雲兒女》(1935) 等，以及 1936 年的兩部國防電影《狼山喋血記》、《壯志凌雲》，和 1937 年全面抗戰爆發前的國防電影《青年進行曲》、《春到人間》等影片中，一方面，抗日主體族群有著非常鮮明的民族特徵，即基本上是漢民族，另一方面，故事發生地的地域特徵非常明顯。

譬如，《野玫瑰》、《風雲兒女》、《狼山喋血記》、《青年進行曲》等是華北地區；《壯志凌雲》是東北地區——《惡鄰》則直接指明是東三省；《奮鬥》、《小玩意》和《大路》，具有鮮明的江南地域特徵。

而《塞上風雲》中的抗戰主體族群，或者說作為抗戰電影的新特色和特殊之處在於，抗戰主體是蒙古族，地理區域是中國的西北邊疆地區——既包括當時中國版圖之內的外蒙古，更包括現今的內蒙古。蒙族和漢族民眾不僅共同抗日，而且還動員了包括草根和貴族在內的所有階層，這是抗戰電影當中比較新穎和獨特的一點。

丑、抗戰電影的來龍去脈

首先，對左翼電影和國防電影思想性的繼承與發揚。

抗戰電影的特徵之一，是彰顯反侵略戰爭的倫理正義。抗戰電影和它的前身——戰前的國防電影，乃至左翼電影一樣，最突出、最明顯的特徵，就是意識形態至上，政治宣傳至上，抗日救國至上，即國家和民族的倫理正義至高無上。就此而言，抗戰電影對左翼電影-國防電影，既有所繼承，也有所發揚。

所謂的繼承，指的是，1932 年出現的左翼電影，從一開始就明確地表達和宣示了中國民眾的抗日思想和抗日主張，乃至於抗日行動——也就是「義勇軍」的名號、群體形象與保家衛國的英雄壯舉。1936 年國防電影之所以是左翼電影的升級換代版，或者說，作為新電影的左翼電影被更新形態的、新興的國防電影（運動）所取代，其原因既是現實演變的必然結果，又是歷史發展的邏輯使然。

第一，國防電影將左翼電影強調的階級矛盾和階級鬥爭，提升、轉化為民族矛盾和生死存亡的民族對立，即將左翼電影的階級性轉化為民族性。第二，國防電影將左翼電影中的暴力性提升、轉換至民族解放戰爭的高度和全民動員模式，弱化乃至屏蔽了個人或群體、階級之間的暴力。第三，國防電影的宣傳性，是基於現代國家和民族的立場與高度予以肯定和張揚。

顯然，1937 年全面抗戰爆發後的抗戰電影，全面繼承了國防電影的這三大特徵。只不過，在抗戰爆發以後的抗戰電影當中，一方面，抗戰電影的政治至上與國家至上理念，得到倫理性即天然正義層面的鞏固和彰顯；另一方面，由於抗戰電影的拍攝全部是在戰爭進行的狀態下拍攝出品的，因此，其時效性和紀實性得到了不同程度的強調。這是抗戰電影對左翼電影—國防電影有所發揚的一面。

就《塞上風雲》而言，這是幾乎所有的研究者都提到影片的「類紀錄片」的效果或風格的根本原因。《塞上風雲》片頭出現的成吉思汗靈寢的畫面，在當時有著強烈的歷史意義和現實意味：與其說強調成吉思汗是蒙古族人民的最高代表，不如說，對成吉思汗崇高地位的強調，是在承認「五族共和」、中華民族大一統的前提下。換言之，認同以成吉思汗為代表的元朝是中國歷史的必要組成部分，是為中國的抗日戰爭夯實國家和倫理正義的制高點。

其次，對左翼電影和國防電影藝術性的繼承與套用。

以《塞上風雲》為例，就可以很清楚地看到，如果將抗戰電影視為國防電影的轉型，不如說抗戰電影是國防電影在全面抗戰爆發後的延續。變換的，只不過是名稱或電影史研究的形態劃分。原因很簡單，抗戰電影不僅全面繼承和發揚了戰前國防電影的思想特徵，從藝術性上看，譬如故事結構、模式和基本元素等，基本都是左翼電影和國防電影行之有效且一脈相承的標準配置。

最早的左翼電影，即 1932 年出品的《野玫瑰》，就是用一個愛情故事框架表達抗日主題。1934 年的左翼電影《大路》，表現的是一群築路民工為國家修築戰備公路所做出的犧牲，其中的主線就是男女民工生死與共的愛情。所以，1935 年的《風雲兒女》，將都市時尚青年／知識分子與寡居富婆和流浪歌女之間的愛情線索，歸附到抗日救國的主題上也就不足為奇。

1936 年的國防電影，無論是《狼山喋血記》還是《壯志凌雲》，無論是隱喻華北地區還是東北地區的抗戰，都沒有忘記給男女主人公鋪設愛情線索和情感糾葛。1937 年的國防電影《青年進行曲》、《春到人間》，抗日主題依然依靠愛情和情感糾葛表達。

1940 年攝製的《塞上風雲》雖然是一個抗日影片或者說抗戰電影，但是它的宏大主題並不排斥、實際上是積極採用自左翼—國防電影延續下來的、時尚的故事結構，即男女愛情線索來印襯蒙漢民眾團結抗日的主題。譬如，女主人公、蒙古族姑娘金花兒，並不愛她同是蒙族的未婚夫迪魯瓦，而是與漢族青年、男主人公丁世雄熱戀。

這個男女三角結構，其實就是三年前《壯志凌雲》中男女主人公三角關係的翻版〔註12〕，而且結局也很相似——男一號和男二號都愛上了女主人公，但最終都捐棄前嫌、共同投身抗日戰場；稍有不同的是，《壯志凌雲》中的男二號先行犧牲，《塞上風雲》中，最終是女主人公犧牲。《塞上風雲》的女主人公、蒙古族姑娘金花兒愛上漢族青年丁世雄的這個設置意味深長，因為其內在邏輯符合漢民族的歷史認同和傳統倫理——被愛的一方一定是漢族，而愛上的那一方一定是異族。

又譬如「營救」模式。《塞上風雲》當中，女主人公金花兒的哥哥郎桑因為主張抗日，結果被日本人指使蒙奸綁架；金花兒的好友羅爾姬娜跟蹤發現了郎桑被關押的小黑屋、目睹了嚴刑拷打場面；金花兒的漢族戀人丁世雄得知消息後，遂率領蒙漢群眾救出了郎桑。這些情節和場景，其實又是 1934 年左翼電影《大路》中重要部分的仿真翻版：男主人公、築路工人金哥因為帶頭拒絕漢奸收買，結果被秘密關到小黑屋裏嚴刑拷打，女主人公即他的戀人得知消息後，用美人計灌醉了看守、引導眾民工成功地解救了戀人，然後又與戀人一同犧牲在建築公路時敵機的掃射轟炸中〔註 13〕

〔註 12〕《壯志凌雲》(故事片，黑白，有聲)，新華影業公司 1936 年出品。VCD(雙碟)，時長 93 分 41 秒。編劇、導演：吳永剛；攝影：余省三、薛伯青；主演：金焰、王人美、宗由、田方、韓蘭根、章志直、王次龍、施超。我對這部影片的具體意見，祈參見拙作：《電影市場對左翼電影類型轉換及其品質提升的作用——以〈壯志凌雲〉為例》(載《南京師範大學文學院學報》2009 年第 2 期)，這篇文章的完全版和未刪節（配圖）版，先後收入拙著《黑白膠片的文化時態——1922～1936 年中國早期電影現存文本讀解》和《黑布鞋：1936～1937 年現存國防電影文本讀解》，敬請參閱。

〔註 13〕有意思的是，《大路》和《塞上風雲》中的女主人公，飾演者都是黎莉莉。

丙、結語

作為抗戰電影，《塞上風雲》中的歌舞元素，也可以並應該追溯淵源至左翼電影和國防電影。有聲片時代的左翼電影，歌舞元素始終是抗日救國主題思想的有效配置，影響廣泛：譬如《大路》（1934）中的《大路歌》、《桃李劫》（1934）中的《畢業歌》、《風雲兒女》（1935）中的《義勇軍進行曲》等。國防電影繼承了這一藝術傳統：譬如《狼山喋血記》（1936）中的《狼山謠》，以及《春到人間》（1937）的主題歌等。知曉了這些就能明白，為什麼在《塞上風雲》裏，突然插進了有異域風光的、即所謂北國草原民族音樂特色的三段歌唱：

插曲 1：

陰山山路彎且長，草原千里閃青光。／你吆著馬兒上沙梁，嗳，咗，嗨（哎呦嘿）／我趕著羊兒向牧場。／青青草，躍躍羊／魯倫河畔歌聲揚，唱著歌兒想著郎。／嗳，咗，嗨（哎呦嘿）／但願常在郎身旁。／任你膽量賽虎狼，任你蠻勁拔山崗。／我只將牧鞭揚一揚，／噯，咗，嗨（哎呦嘿）／看你還猖狂不猖狂？／陰山山路彎且長，草原千里閃青光，／你吆著馬兒上沙梁，噯，咗，嗨（哎呦嘿）／我趕著羊兒向牧場。

插曲2：

欲耕無有田，買馬無有錢。／他鄉飄零實可憐！／黑龍江，長白山，我的家園。／天哪！何日得重還？！／北風吹征衣，大雪如飄棉。／不殺強敵誓不還！／齊團結，仗利劍，／戰鼓驚天，殺啊！／齊唱凱歌旋！

插曲3：

蒙漢青年，團結起來！／我們是朋友兄弟，不是冤家仇敵。／拿起我們的武器，／奪去了東北領土，還搶蒙古地方，／我們不願國破家亡。／就團結奮起，爭取民族自由解放！／抗戰五年，越戰越強。／我們要收復失地，我們要重返家鄉。／不分男女老幼，不論中原邊疆。／齊把強盜趕出鴨綠江！／蒙漢青年，團結起來！／我們是朋友兄弟，不是冤家仇敵。／拿起我們的武器，組成鐵的隊伍，／齊向日本強盜前進！

但是，如果將其與左翼電影和國防電影中的插曲（歌詞）稍作對比，就會發見其中的邏輯承接：

《桃李劫》(1934)之《畢業歌》(田漢作詞，聶耳作曲)

同學們，大家起來／擔負起天下的興亡！／聽吧，滿耳是大眾的嗟傷！／看吧，一年年國土的淪喪！／我們是要選擇「戰」還是「降」？／我們要做主人去拼死在疆場，／我們不願做奴隸而青雲直上！／我們今天是桃李芬芳，／明天是社會的棟樑；／我們今天是絃歌在一堂，／明天要掀起民族自救的巨浪！／巨浪，巨浪，不斷地增漲！／同學們！同學們！／快拿出力量，／擔負起天下的興亡！

《狼山喋血記》（1936）之《狼山謠》（安娥作詞，任光作曲）

你也來打狼，打狼！打狼！我也來打狼，打狼！打狼！不要分你我，打狼！打狼！一起打豺狼，打狼哪！白狼沒打盡，黃狼又猖狂；兄弟血如海，姐妹屍如霜！豺狼縱兇狠，我們不退讓；情願打狼死，不能沒家鄉。

東山有黃狼，狼！狼！西山有白狼，狼！狼！四方人吶喊，狼！狼！遍地舉刀槍，打狼哪！白狼竄田野，黃狼滿街坊；兄弟打狼死，姐妹狼咬傷！生在狼山裏，長在狼山上；生死向前去，打狼保村莊！

《春到人間》（1937）的主題歌（孫瑜作詞，賀綠汀作曲）

進啊！進啊！同胞們！／警醒起來向前進！／鐵蹄已經聲聲踏緊，無數同胞在呻吟，／誰再去埋頭做甜夢？誰又能忍氣又吞聲？／團結起來向前進！高舉戰旗滅戰爭！

進啊！進啊！同胞們！／警醒起來向前進！／脫下你的大袖長袍，洗去你的胭脂粉，／我們要去推動時代，我們要去找光明，／團結起來向前進！新的中國在誕生！

這些都再次證明，從主題思想到故事結構乃至歌舞元素，抗戰電影與之前的左翼電影、國防電影是一脈相承的。

尤其需要注意的是，《塞上風雲》是抗戰期間官方製片廠攝製的為數不多的故事片之一。因此，將《塞上風雲》視為國統區抗戰電影的標本，那就意味著，全面抗戰爆發以後，戰前還不被民國政府公開允許和正面肯定的國防電影，在全面抗戰爆發以後得以名正言順。因此，抗戰全面爆發以後的抗戰電影，都應該是屬於戰前左翼電影和國防電影的延續，屬於正面表現中國人民抗日戰爭的業績和記錄。這裡指稱的中國人民，當然包括當時還屬於中華民國版圖的蒙古地區以及租借給英國的香港地區。

也就是說，所有的抗戰電影所表現的這場戰爭，都從中華民族和中國歷史的角度、從倫理正義和民族傳承的國家角度予以影像表達，並不是某個地區或某個單一族群的反法西斯戰爭行為。因此，《塞上風雲》中體現的國家觀念和民族意識，既是抗戰電影的最高政治訴求，也是一個在倫理和正義高度予以肯定的民族解放戰爭形式。

丁、多餘的話

子、故事結尾模式的套用與隔代延續

以《塞上風雲》為例討論抗戰電影與五年前的左翼電影、一年前的國防電影之間的歷史邏輯淵源，還有一個關聯明顯的地方，那就是故事結尾模式的套用。之所以特別強調這一點，是因為，從歷史縱深發展延續的角度看，1949 年以後的中國大陸電影，尤其是所謂紅色經典電影，一直到 1990 年代初期，四十餘年抗日戰爭題材的影片，幾乎都採用這樣的模式。甚或說，所有表現武裝鬥爭題材的影片都套用這個模式。

但需要注意的是，1970 年代「文革」時期的「樣板戲」和據此套拍的「樣板」電影中，這種犧牲程度被降到最低，基本上男女主人公都不犧牲了——用的是「從一個勝利走向另一個勝利」的高級模板。因此，從這個意義上說，1937 年全面抗戰爆發後，一直到 1945 年，在某種程度上，抗戰電影事實上又奠定了 1949 年以後中國大陸戰爭題材電影的主題思想和藝術表達基礎。

丑、歷史的真實性與樸素性

第二，作為現存為數不多的抗戰電影標本之一，《塞上風雲》有一個一般電影史著述不願意提起的視點，那就是影片的敘事視角，是從漢民族的角度來看待少數民族和漢民族攜手抗日的。其次，影片中有一個叫柳德三的人物很有意思，實際上意味深長。此人原來是東北人，還參加過抗日義勇軍，後來被招安成為偽保安隊成員；但最後，他在抗日思想的感召之下又「叛變」了——調轉槍口去殺日本鬼子。這也是《塞上風雲》包含歷史真實性與樸素性的體現之一。〔註 14〕

初稿時間：2018 年 6 月 15 日
初稿錄入：玄莉群
二稿時間：2018 年 7 月 15 日～8 月 23 日
三稿修訂：2019 年 7 月 3 日～8 月 3 日

〔註 14〕本章文字的主體部分（不包括丁、多餘的話）約 9000 字，最初曾以《抗戰電影：左翼電影與國防電影的形態延續——以〈塞上風雲〉（1940～1942）為例》為題向外投稿，先後被兩家雜誌退稿，後發表於《山西大同大學學報》2019 年第 6 期（雙月刊；責任編輯：裴興榮）。下方無文字說明的圖片，均為《塞上風雲》截圖。特此申明。

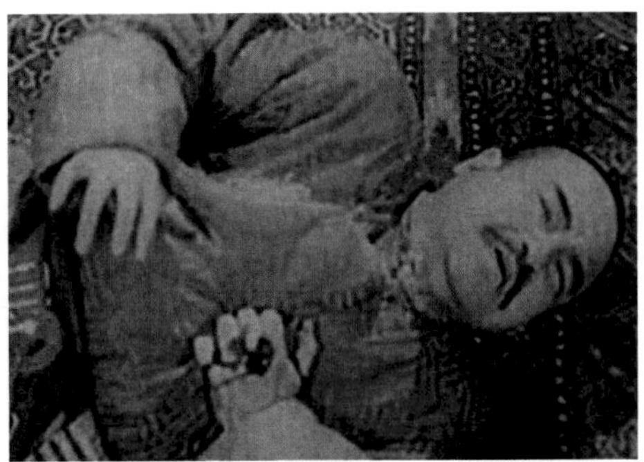

參考文獻：

〔1〕陽翰笙.陽翰笙選集：第二卷〔M〕.成都：四川人民出版社，1983.

〔2〕程季華.中國電影發展史：第二卷〔M〕.北京：中國電影出版社，1963.

〔3〕陸弘石.中國電影史〔M〕.北京：文化藝術出版社，1998：74.

〔4〕陸弘石.中國電影史 1905-1949：早期中國電影的敘述與記憶〔M〕.北京：文化藝術出版社，2005：103.

〔5〕李道新.中國電影史 1937-1945〔M〕.北京：首都師範大學出版社，2000：95.

〔6〕皇甫宜川.中國戰爭電影史〔M〕.北京：中國電影出版社，2005：69-70.

〔7〕袁慶豐.1938 年的抗戰題材電影形態特徵——以當年出品的《游擊進行曲》(《正氣歌》) 為例〔J〕.當代電影，2017 (8)：111～113.

〔8〕代尼.香港「大地」第一炮 「孤島天堂」功德圓滿 白雲故鄉亦已開拍〔N〕.申報，1938-9-19 (18)：23530.

〔9〕袁慶豐.國防電影與左翼電影的內在承接關係——以 1936 年聯華影業公司出品的《狼山喋血記》為例〔J〕.佛山科技學院學報，2008 (1)：17～19.

〔10〕袁慶豐.1922～1936 年中國國產電影之流變——以現存的、公眾可以看到的文本作為實證支撐〔J〕.學術界，2009 (5).

〔11〕袁慶豐.中國現代文學和早期中國電影的文化關聯——以 1922～1936 年國產電影為例〔J〕.中國現代文學研究叢刊，2010 (4).

Anti-Japanese War Movies: Continuation of Left-wing Movies and National Defense Movies——Take “Fight at the Fort” (1940-1942) as an example*

Reading Guide: From the historical perspective, the anti-Japanese war movies are the national defense movies before the outbreak of the anti-Japanese war, and the national defense movies are the upgraded version of the left-wing movies in the

1930s. *"Fight at the Fort"* produced by Chinese Film Studio in 1940 and released in 1942 is not only one of the anti-Japanese films manufactured by the state-owned film studios after the outbreak of the Anti-Japanese War, but also the first anti-Japanese film with the theme of unity between the Mongolian and Han peoples. The distinctive characteristics of the Mongolian and regional particularities are not only the new features of the films, but also prove that the anti-Japanese war films are based on the inheriting and borrowing of the left-wing films and national defense films in terms of structure, mode and basic elements.

Key words: the outbreak of the All-round Anti-Japanese War; *Fight at the Fort;* Anti-Japanese War Film; National Defense Film; Left-wing Film

第零陸章　《日本間諜》(1943)——中國電影形態分布與抗戰電影的政宣功略

閱讀指要：

1937 年抗戰全面爆發後，戰前已然形成的中國新電影形態，在整體上並沒有被戰火摧毀，只是被分割進入並依附不同的地緣政治繼續發展前行。上海「孤島」和淪陷區接受容納了新市民電影和國粹電影，同時復興了戰前被新電影淘汰出局的舊市民電影，共同構成其畸形繁榮局面。一年前由左翼電影轉型提升而來的國防電影自然延伸為戰時的抗戰電影，在太平洋戰爭爆發前的香港受到市場和內地文化輻射的雙重激勵，曾一度躋身主流電影；國統區抗戰電影的生產完全依賴於三家官方製片廠，啟蒙民眾、激勵軍民和政治宣傳並重。現存的、公眾可以看到的抗戰電影文本只有 6 個，香港和「中製」出品的各占一半。《日本間諜》的特殊性在於，在反映東北地區抗戰上與《塞上風雲》中的北部邊疆抗日形成地域呼應，在涉及他國的關係上，主人公的意大利籍身份，又與《東亞之光》中日本反戰士兵的國族背景相呼應。

關鍵詞：「孤島」電影；淪陷區電影；左翼電影；國防電影；抗戰電影；《日本間諜》；

專業鏈接 1:《日本間諜》(故事片,黑白,有聲),中國電影製片廠(重慶)1943 年出品。視頻,時長 90 分鐘 33 秒。

〉〉〉**原著**:范斯伯;**改編**:陽翰笙;**導演**:袁叢美;**攝影**:吳蔚雲。

〉〉〉**主演**:羅軍(飾范斯伯)、陶金(飾日本特務機關長)、王豪(飾義勇軍偵探)、秦怡(飾中國少女)、劉犁(飾小卡斯布)、王斑(飾參謀長)。

專業鏈接 2:原片片頭字幕及演職員表字幕

資料影片
中國電影資料館複製收藏
山東電影洗印廠 1981 年洗印

影電國中
製攝廠片製
諜間本日
THE SECRET
AGENT OF JAPAN
製　監
會 員 委 事 軍
部 治 政
片　製
勳 樹 吳
片製理助

璜渭徐　麟瑞王

伯斯范：著 原

笙翰陽：編 改

演導副

豪　王

任主術技

珍士王　斌質官

任主務劇

庵直潘　軍 羅

影　攝

雲 蔚 吳

音　錄

璋 伯 鄭

景　佈

漢宗姚　可　許

宇光張　聰　丁

鵬　關　義尚韓

裝　化

文 漢 辛

表員職

乾惕梁........術美

芳延鄔........接剪

曦　陳........

桐　陳........

德世張........光配

元鼎吳........片洗

章銘王........通卡

鈞成劉........

倫培楊........音配

雲祥李........

華振胡........理助影攝

貴祥曾........

武世寥........理助音錄

修進闕........

明克唐........理助片洗

橋楓傳........

洛　仝........務劇

江　克........務場

先光周........記場

勉　房........裝服

驤家吳........具道

淼　井........理助裝化

傑世丁........務事

表員演

(序為後先場出以)

(人演飾)　　(人中劇)

軍　羅........伯 斯 范

飛　鳳........妻伯斯范

光　爾........令司軍勇義

金　陶........長關機務特本日

豪　王........探偵軍勇義

炎佩仇........官法滿偽

蓀艾楊........子伯斯范

義素胡........女伯斯范

驤家吳........曹軍本日

先光周........尉中本日

萱慰李........佐大原肥土

斑　王........長 謀 參

華樹董........長科報情

烈　田........長科要機

江　克........員 報 諜

豪　王........手助伯斯范

村　江........

夫洛多比......

勉　房........

治　黃........

玨　王........陰老首匪

琛　田........剛金大四

文漢辛串客....

麟瑞吳........

擇　王........

子靜虞........女妓本日

光兆何串客....佐中兵憲本日

良次張........尉大軍日

恩國毛........尉中軍日

進　植　同反日....尉大軍日
志戰本

利　玉　同反日.....尉中軍日
志戰本

村　關　同反日.....
志戰本

橋　高　同反日.....尉少軍日
志戰本

怡　秦........女少國中

子　施........女少俄白

淼　井........長謀參軍勇義

鵬　關........表代軍勇義

洛　仝........官軍勇義

塊影周........

雷　杜........布斯卡老

犁　劉........布斯卡小

來青李........女友布斯卡小

基斯夫佐羅....人老監看

霄步高........探偵臘希

銳　陳........友密伯斯范

戎　王........官軍軍勇義

演 導

美 叢 袁

DIRECTED BY

JAMES YUAN

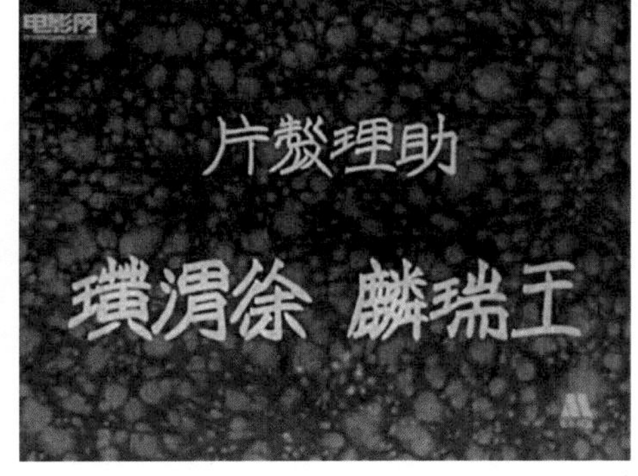

專業鏈接 3：影片鏡頭統計

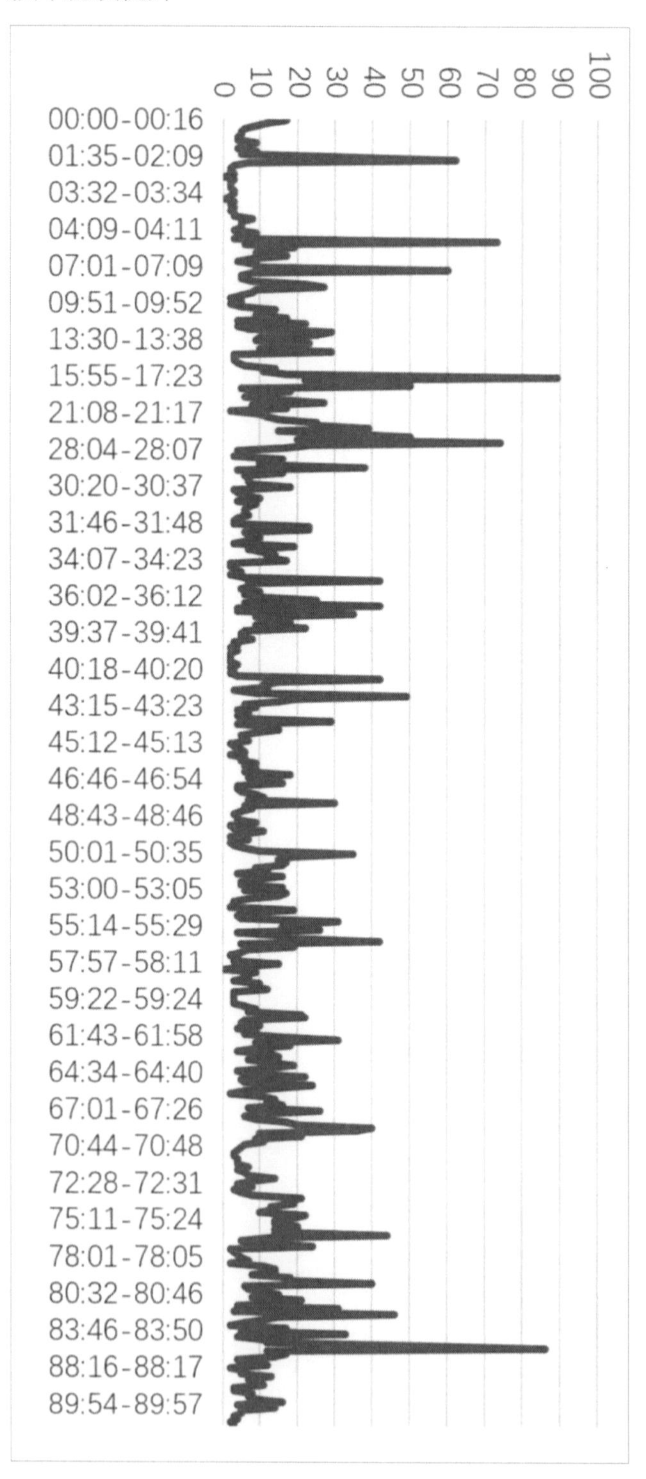

說明:《日本間諜》全片時長90分33秒,共463個鏡頭。其中:

甲、其中小於等於5秒的鏡頭有164個,大於5秒小於等於10秒的鏡頭有131個,大於10秒小於等於15秒的鏡頭有64個,大於15秒小於等於20秒的鏡頭有45個,大於20秒小於等於25秒的鏡頭有21個,大於25秒小於等於30秒的鏡頭有8個,大於30秒小於等於35秒的鏡頭有8個,大於35秒小於等於1分鐘的鏡頭有17個,一分鐘以上的鏡頭有5個。

乙、片頭鏡頭16個,片尾鏡頭1個;字幕鏡頭2個,其中交代劇情的鏡頭2個,交代人物鏡頭0個,對話鏡頭0個。

丙、固定鏡頭339個,運動鏡頭103個。

丁、遠景鏡頭7個,全景鏡頭139個,中景鏡頭163個,近景鏡頭127個,特寫鏡頭36個。

(數據統計與圖表製作:王宇豪;複核:歐嫒嫒)

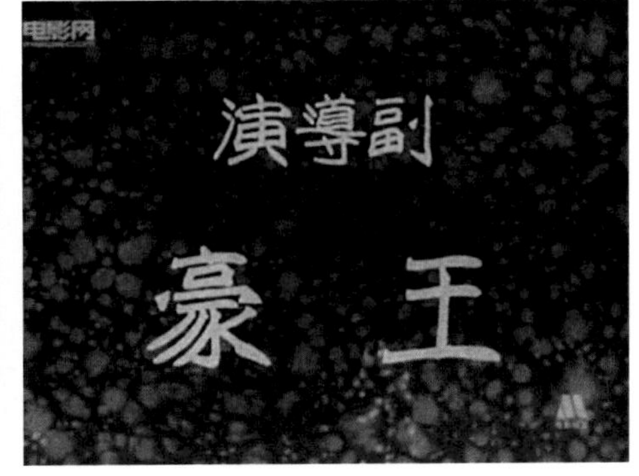

專業鏈接4:影片經典字幕與臺詞選輯

范斯伯夫人:「達令,這些送花給日本軍隊,拿著日本國旗歡呼的,是些什麼人啊?」——范斯伯:「還不是那些不要臉的白俄,他們逃到中國來,住了幾十年,中國政府和人民,處處都很優待他們,現在他們就忘恩負義,反而向侵略者歡呼萬歲」。

土肥原大佐:「范斯白先生,你是有家眷的人,你家人要逃過滿洲和蒙古的大平原,哼,那不是一件容易的事情,我想你一定懂得我的意思」——范斯白:「是的,土肥原大佐,我很懂得你的意思。不過要我替日本特務機關做工作,我還不大感興趣」——土肥原大佐:「我不是懇求你,我是命令你!」

特務機關長:「只有天皇,真正可以稱為神明。只有日本人,才是神明的子孫。中國人和蘇聯人民都要被消滅。只有天照大御神的子孫,才配做大日本帝國的臣民。這不過是神明給我們使命的第一個階段。第二個階段，我們要發動強大的海陸空軍，向南方進攻，我們要征服印度和太平洋各島，西伯利亞和拉丁區也要包括在內。日本一定會成為世界上最偉大的帝國！哈哈哈」。

特務機關長：「范斯白先生，久仰你的大名了。你在中國、滿洲、蒙古，在俄國、西伯利亞，從 1912 年你到中國起，一直到今天為止，你的一舉一動，我這兒全都有報告。你在滿洲住了 20 年，這裡的情形你知道得很清楚，所以我要你談一談。在戰爭期間，只問目的，不擇手段，我們在瀋陽和其他佔領城市內所慣用的方法，也要拿在哈爾濱和北滿其他的城市一一推行。第一，我們要把各種專利權賣給可靠的私人，讓他們免費運送，開設煙館，販賣毒品，栽種鴉片，販賣日本婦女，開設妓院和賭場。第二，我們要用綁票勒索的方法壓迫有錢的中國人、俄國人和猶太人，讓他們拿出財產來。不過，這要使用非常巧妙的手段，絕不能讓他們知道是日本人在主使。同時，我們要利用土匪，破壞從哈爾濱到海參崴這一條鐵路，並且在蘇聯邊境製造事變，襲擊村莊，等皇軍開到就立刻逃跑，這樣可以收攬人心。或者，讓土匪假意向皇軍開槍，皇軍便可以藉口討伐，強迫境內的居民撤退，或者殺掉他們，以便實行移民政策。記住，你主要的任務就是做我的中間人，執行我的命令，我自己永遠也不會出面！」

特務機關長：「你敢這樣對我說，你敢替猶太人辯護？你再這樣說一句，我就要你的命！猶太人全是豬！歐洲人全是狗！這就是我們神明的子孫要把這一群畜生趕出中國和太平洋的理由！」

特務機關長：「我聽說你是一個真正的惡魔，想不到你卻滿口仁義道德，你跟張作霖、楊宇霆他們鬼混，究竟在幹些什麼？」——范斯白：「你倘若認為我不配做這種工作，以為我太懦弱、猶豫，那麼你何必強迫我幹呢？最好讓我帶著家眷，回到中國內地去，什麼我都不願意幹」——特務機關長：「你和你的家眷都要住在此地，凡是有地位的中國人，都不准到中國內地去，他們有三條路好走，第一條就是替我們工作，第二條路就是做和尚，第三條路就是槍斃。你是歸化了中國的意大利人，所以你只有兩條路可走，不替我們工作就是槍斃。我相信，只要監視住你心愛的家庭，你就不得不忠實地給我們工作。如果你要反叛，你知道你的妻室兒女將會遭遇到怎麼樣的結果。從今天起，丟掉你的良心。在你面前只有一條路，就是忠實地執行我的命令！」

日軍大尉：「你們意大利人不喜歡水，只要喝酒，而且喜歡在酒裏頭洗澡。哎，你為什麼不說話呢？跟幾個日本軍官在一起你還不值得驕傲嗎？日本皇軍是世界上最偉大的軍隊，曾經打敗過世界兩個最大的國家，中國和俄國。在幾年裏面，我們日本皇軍要征服中國、俄國、英國、美國，還有法國！」

特務機關長：「老卡斯布加入法國籍，他不過是怕日本人搶奪他的財產。可是，法國的三色旗絕不能阻止我要做的事情。你知道小卡斯布每天晚上到什麼地方去呢？」——范斯白：「夜裏他時常和一位姑娘出去遊玩，很晚才回家」——特務機關長：「我決定找中國人去綁他，以免外面疑心到日本人的身上」。

范斯白：「這幾年來，你們刻苦奮鬥和英勇犧牲的精神，使我非常地感動」——義勇軍參謀長：「我們的環境的確是困苦極了，不過我們同志們全部是做忠黨國，大家抱定了犧牲到底的決心，所以始終在和日本鬼子戰鬥！」——范斯白：「中國有這樣偉大的領袖和你們這些英勇的戰士，必然的，一定會成為一個最強盛的國家！」

義勇軍參謀長：「明天拂曉，是我們進攻敵人最好的時機，要記住，完成破壞任務以後，由第三隊掩護撤退。同志們，我們大多數都是軍校的同學，受過三民主義的薰陶、校長人格的感化，我們要抱定不成功就成仁的決心來發揚黃埔的精神！」

范斯白：「倘若我能夠平安地到達上海，我一定把日本軍閥在東北的殘暴行為和征服世界的野心向全世界宣布！」

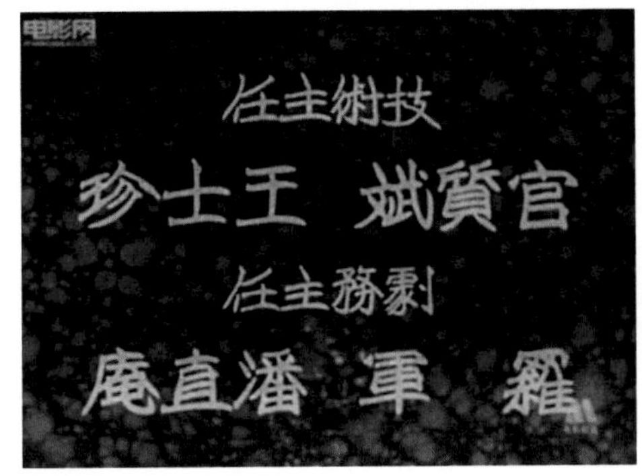

專業鏈接 5：影片觀賞推薦指數：★★☆☆☆

專業鏈接 6：影片學術價值指數：★★☆☆☆

甲、前面的話

1931 年「九一八」事變之後，中國就有政府不能行使主權的淪陷區，並且在幾年後從東北向華北擴展。從 1937 年 7 月抗戰全面爆發，到 1945 年 8 月日本投降，整個八年期間，中國全境被不同的政治軍事勢力佔據分割為相應的統治區域，包括電影在內的文藝作品，都因此具備了強烈鮮明的地緣政治屬性。這些區域在政治、軍事上呈敵我對立狀態，其經濟、文化生態整體上相對獨立、封閉但並非完全隔絕。〔註 1〕

1937 年 11 月，侵華日軍攻陷上海，但沒有進入英、法等國租界，被包圍的租界呈孤島狀；1941 年 12 月 7 日日軍偷襲珍珠港，太平洋戰爭爆發，日軍進入租界，「孤島」時期結束，上海全面淪陷。全面抗戰開始至此，華北、華南、華中等大半個中國，均已成為淪陷區。「國統區」基本被壓縮於西南和西北地區，政府在 1940 年 9 月 6 日宣布重慶為陪都。〔註 2〕

據統計，上海「孤島」前後有 22 家公司，出品影片 257 部〔1〕P429～461。1941 年 12 月太平洋戰爭爆發後的，「淪陷區」偽「中華聯合製片股份有限公司」(「中聯」) 出品大約 50 部（1942 年 5 月～1943 年 4 月 30 日）〔1〕P117；偽「中華電影聯合股份有限公司」(「華影」)，出品 80 部（1943 年 5 月～1945 年）〔1〕P118。偽「滿洲映畫協會」(「滿映」) 出品故事片 108 部（1937 年～1945 年）〔2〕，(一說是 120 多部〔1〕P114)。

〔註 1〕譬如 1942～1943 年，身處在淪陷區上海的錢鍾書，就曾把剛寫就的詩作，陸續寄回大後方的湖南藍田國立師範學院的刊物（如《國力月刊》）上發表。(見謝志熙：《博學於文　行己有恥——楊絳、錢鍾書先生的兩封信及其他》，載上海《現代中文學刊》2019 年第 1 期，第 81～87 頁)。經濟領域的互滲和交易，上海海燕電影製片廠 1961 年出品的故事片《51 號兵站》(編劇：張渭清、梁心、劉泉，導演：劉瓊)。更可以做一個極形象的說明和史實證明。

〔註 2〕茲事體大，照錄如下：「《國府明令 重慶定為陪都》：國民政府九月六日令：四川古稱天府、山川雄偉、民物豐殷、而重慶綰轂西南、扼控江漢、尤為國家重鎮、政府於抗戰之始、首定大計、移駐辦公、風雨綢繆、瞬經三載、川省人民、同仇敵愾、竭誠紓難、矢志不移、樹抗戰之基局、贊國家之大業、今行都形勢益臻鞏固、戰時蔚成軍事政治經濟之樞紐、此後更為西南建設之中心、恢宏建置、民意僉同、茲特明定重慶為陪都、著由行政院督飭主管機關參酌西京之體制、妥籌久遠之規模、借慰輿情、而彰懋典、此令」(載重慶《中央日報》1940 年 9 月 7 日第 2 版)。

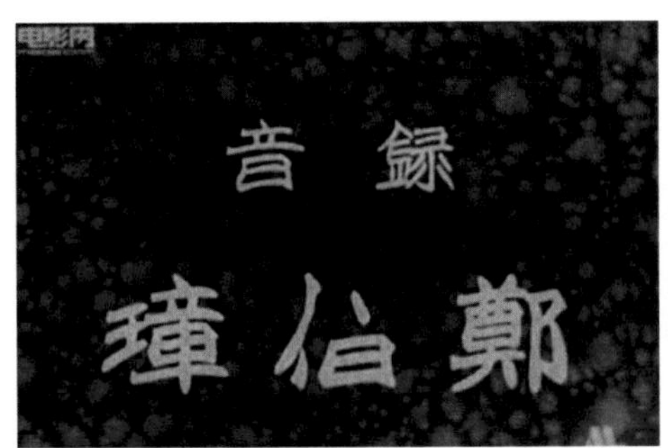

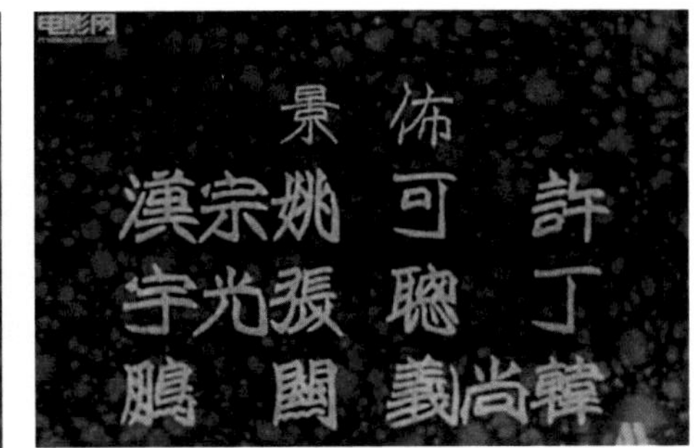

抗戰八年間，「國統區」只有中國電影製片廠（「中製」，前後分為武漢時期和重慶時期）、中央電影攝影場（「中電」，設在重慶）、西北影業公司（駐成都）等三家官方製片廠，共完成 19 部故事片的生產〔1〕P419~423。而 1937～1941 年（年底太平洋戰爭爆發前）的香港，有 230 家電影公司，電影總產量是 466 部〔3〕P236，其中 61 部是國防電影／抗戰電影，「占同時期香港電影總產量的 13%」〔3〕P238。

以上所有影片數字相加，內地 526，加香港 466，當為 992，千部左右。而迄今現存的、中國大陸公眾可以看到的影片不到 40 部。其中，上海「孤島」和淪陷區一共 30 多部（具體篇名附後）；香港 3 部：《游擊進行曲》（1938）〔註 3〕、《萬眾一心》（1939）〔註 4〕、《孤島天堂》（1939）〔註 5〕；內地 3 部（均為抗戰電影且全出自重慶「中製」）：《東亞之光》（1940）〔註 6〕、《塞上風雲》（1940）〔註 7〕、《日本間諜》（1943）。因此，對《日本間諜》的個案討論，需大概明瞭八年抗戰期間中國電影的整體走向及其在各個區域中不同的呈現面貌。

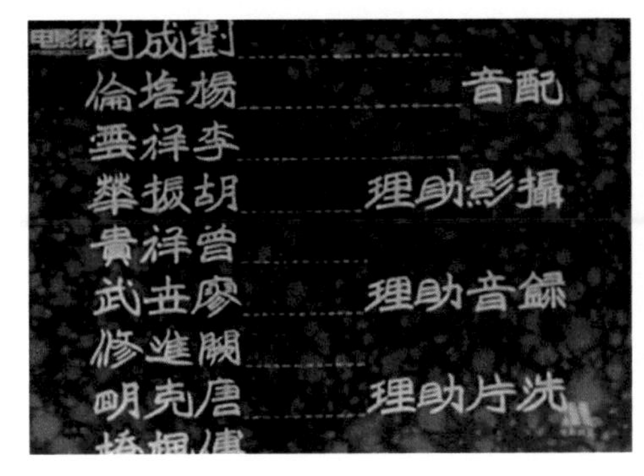

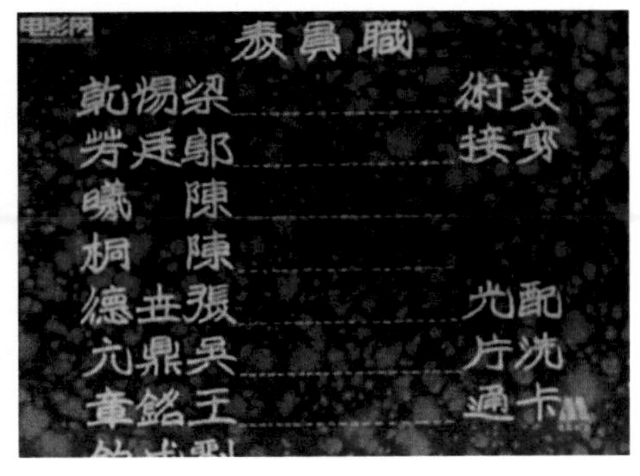

〔註 3〕這部影片的具體信息以及我的討論意見，祈參見本書第壹章。
〔註 4〕這部影片的具體信息以及我的討論意見，祈參見本書第貳章。
〔註 5〕這部影片的具體信息以及我的討論意見，祈參見本書第三章。
〔註 6〕這部影片的具體信息以及我的討論意見，祈參見本書第肆章。
〔註 7〕這部影片的相關信息以及我的討論意見，祈參見本書第伍章。

乙、上海「孤島」和「淪陷區」電影的前世今生

抗戰全面爆發前的 1930 年代初期，中國電影已經完成了新、舊電影的歷史交替。舊電影從 1905 年中國電影誕生時算起，我稱之為舊市民電影。舊市民電影主要以中國古典文學、傳統戲曲，「鴛鴦蝴蝶派」、「禮拜六派」等言情小說以及武俠小說等舊文化與舊文學為主要文本取用資源，主題和題材侷限於家庭、倫理、婚姻，維護傳統文化和主流社會價值觀念，其觀眾群體的主要構成是中下層市民，從內在品質和外在形式上具有通俗性、娛樂性和大眾性等低俗性的整體特徵〔4〕。新電影都從舊電影即舊市民電影而來，兩者的區別更多地體現於時間先後和時代氣質。

新電影當時被評論者稱為「新興電影」〔5〕或「復興」的「土著電影」〔6〕。新電影中，左翼電影最早出現，出現於 1932 年，對舊電影即舊市民電影的暴力和色情元素繼承最多。左翼電影的主要特徵是階級性、暴力性和宣傳性。左翼電影的暴力對內指向反對強權獨裁、階級壓迫、同情弱勢群體，對外指向反抗帝國主義侵略、宣揚抗日救亡〔7〕。左翼電影在 1933 年達到高潮〔8〕P281，其鮮明的抗日主張和暴力反抗特徵，在 1936 年被「鼓吹民族解放」〔8〕P417 的「國防電影」〔8〕P418 全盤繼承。

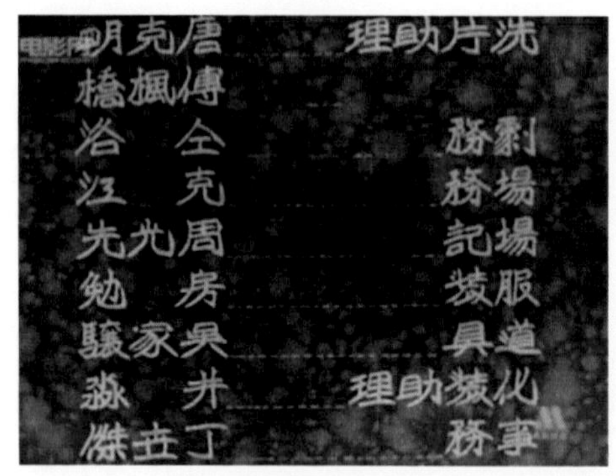

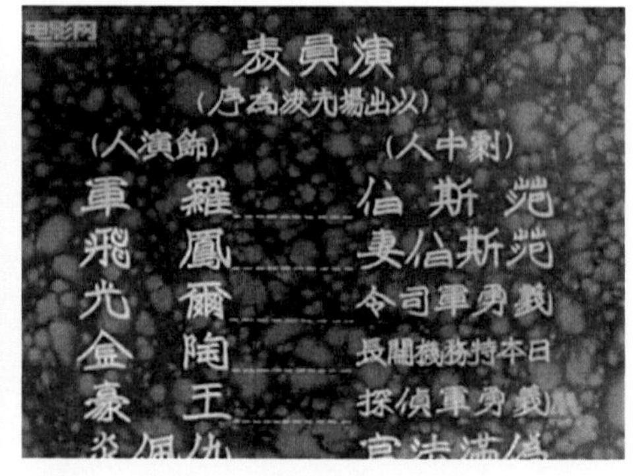

除了左翼電影，新電影中還有脫胎於舊市民電影的新市民電影，出現於 1933 年。新市民電影和舊市民電影最大的相通之處，是面對社會問題持保守立場，最大不同是對當下現實介入的有無或者深淺；新市民電影和左翼電影的不同主要在於，它有條件地抽取、借助了後者的思想元素並結合電影新技術的應用，最大程度地迎合市場需求，認同和讚賞超階級的人性和都市文化消費理念，在思想和技術層面具有雙重投機性〔9〕。

同樣屬於新電影的國粹電影，出現於 1934 年（最初我稱之為新民族主義或曰高度疑似政府主旋律電影）[10]。國粹電影也源自舊電影即舊市民電影，在對傳統文化尤其是倫理道德的強調和張揚上，看上去很像舊市民電影，實則不然。國粹電影反對左翼電影激進的社會革命立場，但同時又反對新市民電影的都市文化消費理念；不同於舊市民電影對當下社會現實的自我隔離和有意識疏遠，國粹電影對傳統文化和倫理的重申是介入性的、有針對性的，所以在商業或曰市場上基本不太成功[11]。

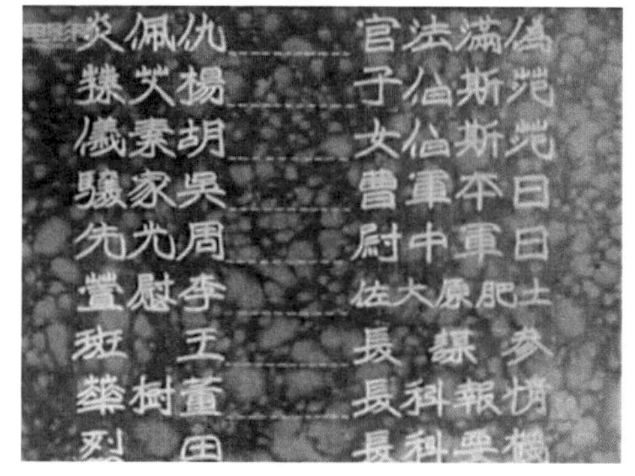

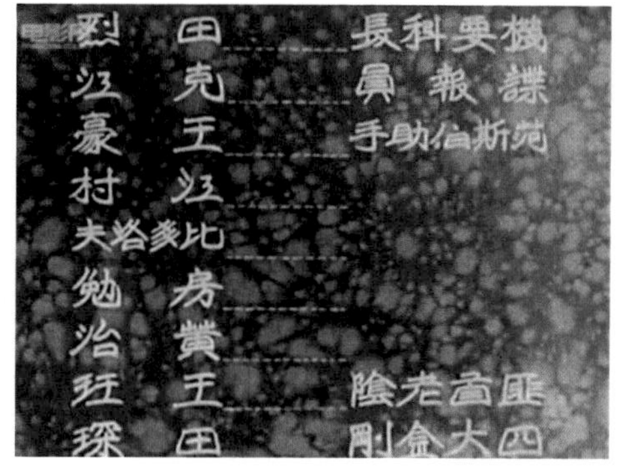

需要再次強調的，無論舊電影即舊市民電影，還是在此基礎上陸續生發、脫胎而來的新電影，即左翼電影(1932)、新市民電影(1933)、國粹電影(1934)，以及左翼電影的升級換代版國防電影（1936），它們不僅是中國文化生態在電影領域的延伸體現，更是市場經濟主導下的、社會化的自然產物。

從 1905 年到 1937 年 7 月抗戰全面爆發，據不完全統計，中國先後一共有 164 家電影製片公司，出品了 1058 部故事片（包括少數香港公司和 9 部香港片）[8] P518~635。現存的、公眾可看到的影片約在 60 部左右。我將這些文本按照時間順序逐一讀解之後發現，它們都沒有例外地，可以歸屬到左翼電影、新市民電影、國粹電影、國防電影等四種形態當中。

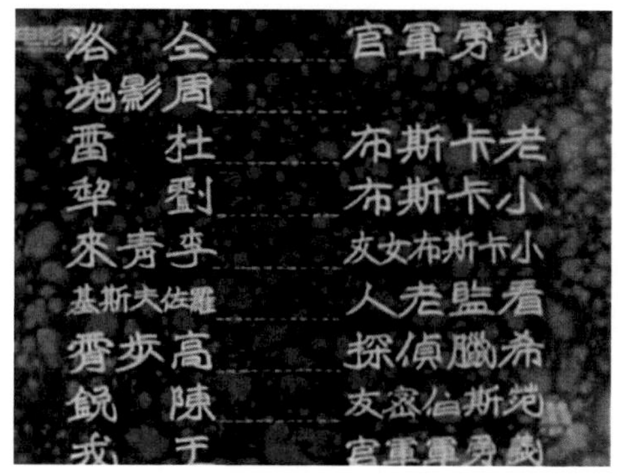

我對這些個案的讀解意見，均先後結集收入《黑白膠片的文化時態——1922～1936 年中國早期電影現存文本讀解》（上海三聯書店 2009 年版）和《黑夜到來之前的中國電影——1937 年現存國產影片文本讀解》（中國廣播電視出版社 2012 年版），其未刪節（配圖）版和新發現的個案讀解，隨後分專輯由臺灣花木蘭文化出版社印行：《黑棉襖：民國文化中的舊市民電影——1922～1931 年現存中國電影文本讀解》（2014 年版）、《黑馬甲：民國時代的左翼電影——1932～1937 年現存中國電影文本讀解》（2015 年版）、《黑皮鞋：抗戰爆發前的新市民電影——1933～1937 年現存中國電影文本讀解》（2016 年版）、《黑布鞋：1936～1937 年現存國防電影文本讀解》（2017 年版）、《黑棉褲：抗戰全面爆發前的國粹電影——1934～1937 年現存文本讀解》（2021 年即出），敬請對比驗證。

現在公眾可以看到的上海「孤島」和淪陷區時期的故事片，約 30 部左右：1938 年的《雷雨》《胭脂淚》，1939 年的《武則天》《少奶奶的扇子》《王先生吃飯難》《金銀世界》《白蛇傳》《木蘭從軍》《明末遺恨》，1940 年的《孔夫子》《西廂記》；1941 年的《家》《鐵扇公主》（動畫）《薄命佳人》《世界兒女》；1942 年的《迎春花》《春》《秋》《長恨天》《博愛》；1943 年的《秋海棠》《萬世流芳》《萬紫千紅》《新生》《漁家女》；1944 年的《春江遺恨》《紅樓夢》《結婚進行曲》；1945 年的《混江龍李俊》《摩登女性》。〔註 8〕

〔註 8〕我對這些影片（譬如《胭脂淚》《武則天》《迎春花》《摩登女性》）的讀解意見尚未公開發表，敬請關注。

這些影片的形態歸屬，應該只能分別對接或舊市民電影、或新市民電影、或國粹電影，不可能有國防電影或者抗戰電影——如果找出隻言片語與抗日有關當然可行，但那必須侷限在影片具體語境，而語境應當受影片屬性的整體制約。實際上，愛國情懷和民族大義的表現和表達，無論曲折與否，更多地出自國粹電影譬如《木蘭從軍》《孔夫子》中。當然，新、舊市民電影也從來不排斥或缺少這種優秀品質。道理很簡單，這是中國電影，自然不會沒有，尤其是在國難當頭的戰爭年代。

至於日本在東北扶持「滿映」，雖然八年間出產了一百多部影片，現今公眾能看到的，只有一部《迎春花》(1942)。作為侵略者出於壓迫和驅使被佔領土地民眾從精神上屈從的「殖民主義意識形態機器」[12] P25，作為為佔領軍及偽政府「國策」服務的藝術產品，無論是有怎樣的資源和技術加持、又有怎樣的政治高度和藝術追求，都不過是「殖民主義美學」[12] P62 畸形定製的「惡之花」[12] P222。但倘若，有更多的影片文本公諸於世，或可從外在形式上將其置於中國電影發展史的里程中稍加考察。

丙、香港、內地抗戰電影的集體特徵與《日本間諜》的個體差異

同樣是外國在華租界，上海「孤島」時期的租界和香港的電影生態有所不同。一方面，上海的租界是多國各自所有，或敵或友、或遠或近，國際關係錯綜複雜，且租界當局一向對上海電影也就是中國電影多有迫於外力禁映的先例——譬如 1933 年《惡鄰》在上海「開映不到三天」，即由於日本施壓「被上海租界當局禁止在租界公映」[8] P281。此時日方氣焰更熾，因此，電影生產和市場不能與當年相比，自主運行。那麼，明顯的、直接的抗日題材和主題不能進入電影生產也是自然的。

香港稍有不同，一方面，香港從一開始就為英國獨家佔有，太平洋戰爭爆發前雖然尚未與日本為敵，但至少不是沆瀣一氣的盟友，所以對本土電影的題材和主題相對寬容，只是對內地出資出人到港拍攝的抗戰電影有明令阻撓之舉（譬如 1938 年禁映《游擊進行曲》〔1〕P79）。另一方面，香港電影從一開始就與內地的祖國同步。譬如，1910 年代，與上海同行同年出品了中國第一批短故事片，1930 年代初期左翼電影出現後，香港電影界就受影響，拍出抗日電影〔1〕P75。

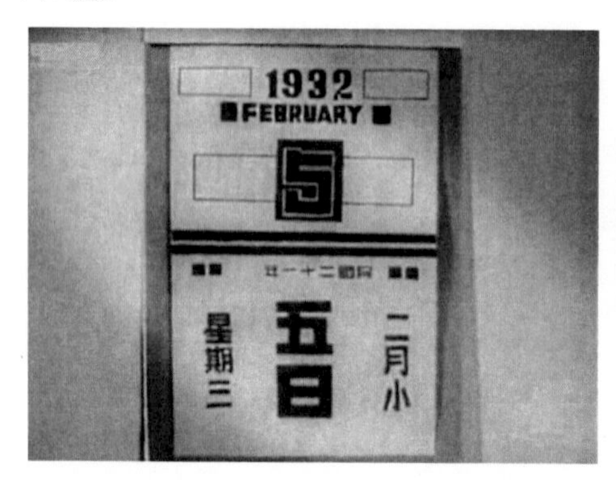

因此，從 1937 年 7 月抗戰全面爆發到 1941 年，香港 5 年間出品 466 部電影，較之 1931～1936 年 103 部的總產量大幅提升〔3〕P202，不僅奠定了幾乎與上海比肩的中國電影次中心地位，而且為 1949 年後香港完全取代上海成為中國電影國際性中心奠定了基礎。另一方面，此時期香港的「國語片完全跟隨內地市場潮流」〔3〕P518。其先後貢獻的抗戰電影有 61 部之多〔3〕P238——這數字是內地八年期間生產的抗戰電影的三倍——而從港片對國防電影名稱的使用上看，更是承繼內地電影潮流一個通俗和明顯的外在證明。

現存的、公眾可以看到的三部香港抗戰電影——啟明影業公司 1938 年出品的《游擊進行曲》、新世紀影片公司 1939 年出品的《萬眾一心》、大地影業公司 1939 年出品《孤島天堂》——在主題思想與內地的抗戰電影同步，且全部帶有從左翼電影到國防電影再到抗戰電影的歷史發展印痕，題材側重游擊戰和地下刺殺活動，整體水準不亞於甚至略高於內地抗戰電影，同時體現出很強的地域特色和香港電影的文化氣質。雖然，這三部影片，從製作傳統到編、導、演、攝、錄、美等幾乎所有人員乃至資金，都是從內地尤其是上海直接輸入的。

相形之下，內地的抗戰電影全部出自官方製片廠，影片都著重正面戰場抗戰和大後方的軍事動員，側重啟蒙民眾、政治宣傳。

譬如武漢「中製」1938年出品的《保衛我們的土地》(編導：史東山)、《八百壯士》(編劇：陽翰笙，導演：應雲衛)、《熱血忠魂》(編導：袁叢美)；重慶「中製」1939年出品的《保家鄉》(編導：何非光)、《好丈夫》(編導：史東山)，1940年的《東亞之光》(故事：劉犁，編導：何非光)、《勝利進行曲》(編劇：田漢，導演：史東山)、《火的洗禮》(編導：孫瑜)、《青年中國》(編劇：陽翰笙，導演：蘇怡)、《塞上風雲》(編劇：陽翰笙，導演：應雲衛)，1943年的《日本間諜》(編劇：陽翰笙，導演：袁叢美)，1944年的《氣壯山河》(編導：何非光)、《血濺櫻花》(編導：何非光)，1945年的《還我故鄉》(編導：史東山)、《警魂歌》(又名《敢死警備隊》，編劇：寇嘉弼，導演：湯曉丹)；重慶「中電」1939年的《孤城喋血》(編導：徐蘇靈)、《中華兒女》(短故事集，編導：沈西苓)，1940年的《長空萬里》(編導：孫瑜)[1] P419~423，1944年的《建國之路》(編導：吳永剛)[1] P1299；成都「西北影業」1940年的《風雪太行山》(編導：賀孟斧)[1] P423。

現存的、公眾可以看到的三部影片均出自「中製」，《東亞之光》(1940)是由幾十個日軍戰俘為主出演的「世界上第一部俘虜電影」，雖然不乏正面戰場的搏殺，但重點在於感化、教育、分化敵人，同時也是讓敵人感知中國軍民反侵略戰爭的正義。《塞上風雲》(1940)的故事、背景、人物完全放在遙遠的北方邊疆，講的是蒙漢民眾清除蒙奸、團結抗日事蹟，站在民族國家的高度來統攝和體現抗戰。《日本間諜》(1943)更進一步、層次更高，用的是外國人在東北親身感受日軍殘暴的經歷，用外在視角來表達抗戰主題。

《日本間諜》在攝影場三次遭受轟炸後依然沒有中斷拍攝[13]，1943 年 4 月宣布完成：「費時四年，歷盡艱辛……演員中有盟國人士，及日本發展份子多人」[14]。當時評論劇透曰：「『日』片取材於華籍意大利人范思伯原著『神明子孫在中國』，內容是暴露『九一八』以後，倭寇在東北的暴行，和他征服世界的野心，在日本軍隊和特務的雙重壓迫下，東北同胞的痛苦，義勇軍的英勇，真是『淚的史詩，血的詩篇』，一點一滴，都有向世界宣傳的必要」，同時指出影片的性質是「對國際宣傳」的「政治教育」，且除了耗去整整四年時間，還「耗資近四百萬，動員至十萬」，並對影片的技術尤其是攝影多有讚揚。[15]

影片在成都獲得「商業上」的成功，連映三個多星期，觀眾「一致認為是國產片最近進步的象徵；雖有缺點，已屬不可多得之佳作」，並特別對「日本特務機關場面之偉大，日本妓院演出之繁複」表示「一致讚賞」，但評論者卻覺得後一個場面有反效果，應縮短為好[16]。還有評論者敏銳地注意到，「『氣壯山河』和『日本間諜』雖說同是抗戰影片，可是取材迥然不同，一個極南，一個極北，一個是寫被占到光復，一個是寫被占後恐怖的生活。兩者都有外國人，而主角都是他們」，結論是對這個「一個記錄性的宣傳片，我們似乎不必苛求」[17]。新聞記者則很專業地提到，這是「中國第一部國際影片」[18]。

丁、結語

總之，1949 年前報刊上對《日本間諜》的討論，覺得好就說好：「含意深刻，聲光均佳」[19]。覺得不好就批評影片「違反了原著的本意，而將日軍只描寫成愚蠢的一群，全成為丑角」；調度死板；有觀眾連主人公是誰都沒明白，這顯然是「改編者與導演連介紹之責也未夠盡」[20]。

1949 年後，1960 年代的電影史研究對影片的臧否都在政治層面，但有問題（其實就是出現了領袖畫像和「三民主義」、「校長人格」、「不成功就成仁」這樣的臺詞）都推到導演袁叢美背後的製片方[1] P57~58。這個原因今天來看很簡單：導演是當時對岸臺灣製片廠廠長[21]。1990 年代，研究者討論的是影片作為「抗戰故事片」的「美學傾向」及其宣教作用[22]。2000 年以後，進一步肯定其「紀實美學……特徵」[23] P95 和「宣傳的效果」[23] P107。

抗戰電影都是站在民族和國家的高度來統攝和體現抗戰的，《日本間諜》的特殊性，與兩年前的《東亞之光》《塞上風雲》有相似之處：表現東北地區日軍的殘暴和民眾的反抗，在地域上與《塞上風雲》中的北部邊疆有對應；在涉及他國的關係上，主人公的意大利籍身份，又與《東亞之光》中日本反戰士兵的國族背景相呼應。比較特別的是還有中、蘇關係，這個更為深邃和複雜，在當時有特殊的用意和考量。

抗戰電影是戰前國防電影的延伸形態和加強版，可以直接表現抗日，不需要再像國防電影時期「採取寓言、象徵、暗示、影射的形式了」[1] P19。國防電影的前身是左翼電影，因為左翼電影的主題之一就是抗日救亡[24]。其實稍加注意就會發現，抗戰電影的編、導、演，哪個不是從左翼電影再到國防電影的先鋒、驍將和代表？孫瑜、史東山、蔡楚生、司徒慧敏、李清、任彭年、鄔麗珠、王豪、黎莉莉、何非光、鄭君里、陽翰笙、應雲衛、袁叢美、田漢、沈西苓、賀孟斧……排名不分先後，除了左翼電影的旗手孫瑜。

時至今日，現存的 6 個抗戰電影雖然珍貴，但《游擊進行曲》《萬眾一心》《孤島天堂》《塞上風雲》，我一直沒有發現有專門題目的文本研究成果。十幾年前，有研究者討論過《東亞之光》的「高度紀實和高度故事化」[25]，一篇碩士學位論文以《日本間諜》為題，將這部「抗戰巨片」放置到大後方的社會語境中討論其製作上映過程及審美特徵[26]，（另一篇碩士論文，則將其置於 1940 年代中國間諜電影序列中予以論述[27]）。

更多的抗戰電影文本應該重見天日，以告慰中國軍民、前輩先烈的在天之靈：「現在我們能夠看到的 1949 年以前的中國電影只有二百多部……中國電影資料館現存的 1949 年前的中國電影應該在 380～390 部左右。也就是說，加上殘缺不全的和不能放映的，至少還有 100 部以上的電影可以挖掘」[28]。我贊同前輩學者的呼籲：「資料開放，資源共享！」[29]

戊、多餘的話

子、《木蘭從軍》、《天字第一號》和《一江春水向東流》

視《日本間諜》為大片或巨片，其實多少是受到製片方宣傳的誘導。因為就同一時期的中國電影而言，至少有兩個片子在規模和影響上不遑多讓。一個是四年前的 1939 年，由美商中國聯合影業公司、華成製片廠在淪陷區出品的《木蘭從軍》(編劇：歐陽予倩；導演：卜萬蒼)，一個是三年後的 1946 年，「中電」三廠（北平）拍攝的《天字第一號》(編導：屠光啟)。

《木蘭從軍》是繼 1930 年代《姊妹花》(1933)、《漁光曲》(1934)〔註 9〕之後的第三部國產高票房電影，《天字第一號》是排在《一江春水向東流》(編導：蔡楚生、鄭君里，崑崙影業公司 1947 年出品）之前的第四部國產高票房電影。

以往的電影史研究對《木蘭從軍》在「民族」和「愛國」層面多有肯定〔1〕P101~102，對《一江春水向東流》則在政治上高度肯定，其他方面也是讚不絕口〔1〕P217~223；對《天字第一號》則是破口大罵：「反動、下流與惡劣」、「抄襲」〔1〕P175、「藝術處理也拙劣不堪」〔1〕P176。為什麼？因為影片「無恥地美化了國民黨特務」〔1〕P175、「竭力為國民黨的特務統治塗脂抹粉」〔1〕P176。

其實，《姊妹花》、《漁光曲》、《木蘭從軍》《天字第一號》《一江春水向東流》，都不過是新市民電影，上升不到這個高度。另外，很少有人注意到，現在公眾看到的《一江春水向東流》是 1949 年後的刪減版。

丑、中國電影的改編

《日本間諜》的劇本，是「陽翰笙根據意大利范斯伯所著《神明的子孫在中國》一書的材料編寫的」〔1〕P58。抗戰時期國統區的電影，從紀錄片到故事片，由於形勢尤其是物質條件的限制，大多是急就章。像《日本間諜》這樣有重大宣傳意義的片片子，拍了四年，算是比較特殊的了。

〔註 9〕這兩部影片的具體信息以及我的討論意見題目，祈參見本書第三章之〔註 13〕〔註 14〕。

另一方面，根據外國的材料改編成電影，這是中國電影早已有之的傳統做法。譬如，1925 年的《一串珍珠》，前半截就是根據法國莫泊桑的小說《項鍊》改編而來〔註 10〕，1931 年的《戀愛與義務》〔註 11〕，根據波蘭女作家華羅琛的同名小說改編[8] 152~153，同年的《一翦梅》〔註 12〕，則基本是對莎士比亞的戲劇《維羅那兩紳士》改編[8] 153。

至於戰後（1946～1949）的改編，那就更多一些——這，應該會在我的下一本專輯中有所涉及。〔註 13〕

〔註 10〕《一串珍珠》（故事片，黑白，無聲），長城畫片公司 1925 年出品；VCD（雙碟），時長 101 分鐘；編劇：侯曜；導演：李澤源；攝影：程沛霖；主演：雷夏電、劉漢鈞、翟綺綺、劉繼群、黄志懷、邢少梅、蔡毓飛。我對這部影片的具體意見 祈參見拙作：《外來文化資源被本土思想格式化的體現——〈一串珍珠〉（1925 年）：舊市民電影及其個案剖析之一》（載《上海文化》2007 年第 5 期），其完全版和未刪節版（配圖），先後收入《黑白膠片的文化時態——1922～1936 年中國早期電影現存文本讀解》和《黑棉襖：民國文化中的舊市民電影——1922～1931 年現存中國電影文本讀解》，敬請參閱。

〔註 11〕《戀愛與義務》（故事片，黑白，無聲），聯華影業公司 1931 年出品；DVD，時長 101 分 54 秒；原作：華羅琛夫人；編劇：朱石麟；導演：卜萬蒼；攝影：黄紹芬；主演：金焰、阮玲玉、陳燕燕、黎英、劉繼群、周麗麗。我對這部影片的具體意見 祈參見拙作：《中國早期電影的道德圖解與新電影的生長點——以聯華影業公司 1931 年出品的無聲片〈戀愛與義務〉為例》（載《浙江傳媒學院學報》2014 年第 2 期，中國人民大學《複印報刊資料·影視藝術》2014 年第 7 期全文轉載），其未刪節版（配圖），收入《黑棉襖：民國文化中的舊市民電影——1922～1931 年現存中國電影文本讀解》，敬請參閱。

〔註 12〕《一翦梅》（故事片，黑白，無聲），聯華影業公司 1931 年出品；DVD（單碟），時長 111 分 58 秒；編劇：黄漪磋；導演：卜萬蒼；攝影：黄紹芬；主演：金焰）、林楚楚、阮玲玉、王次龍、高占非、陳燕燕、王桂林、劉繼群、時覺非、周麗麗。我對這部影片的具體意見 祈參見拙作：《〈一翦梅〉：趣味大於思想，形式強於內容——1930 年代初期的中國舊市民電影樣本讀解之一》（載《新疆藝術學院學報》2008 年第 4 期），其完全版和未刪節版（配圖），先後收入《黑白膠片的文化時態——1922～1936 年中國早期電影現存文本讀解》和《黑棉襖：民國文化中的舊市民電影——1922～1931 年現存中國電影文本讀解》，敬請參閱。

〔註 13〕本章正文的主體部分（不包括戊、多餘的話），在收入本輯之前，曾以《1937～1945 年中國電影的形態分布與抗戰電影的政宣功略——兼析〈日本間諜〉（1943）》為題向外投稿，先後被兩家雜誌以「政治敏感度太高」和「不合規範」為由退稿。6 月接獲《江南文史縱橫》刊用通知，將刊於 2020 年第二輯（浙江工商大學出版社 8 月版）。下方無文字說明的圖片，均為《日本間諜》截圖。特此申明。

初稿時間：2019 年 12 月 4 日
初稿錄入：歐嫒嫒
二稿配圖：2020 年 3 月 9 日～24 日

參考文獻：

〔1〕程季華.中國電影發展史：第 2 卷〔M〕.北京：中國電影出版社，1963.

〔2〕胡昶，古泉.滿映——國策電影面面觀〔M〕.北京：中華書局，1990：序言.

〔3〕周承人，李以莊.早期香港電影史：1897～1945〔M〕.上海人民出版社，2009.

〔4〕袁慶豐.1922～1936 年中國國產電影之流變——以現存的、公眾可以看到的文本作為實證支撐〔J〕.合肥：學術界，2009（5）：245～253.

〔5〕紫雨.新的電影之現實諸問題〔N〕.北京：晨報「每日電影」，1932-8-16//三十年代中國電影評論文選〔M〕.北京：中國電影出版社，1993：586.

〔6〕鄭君里.現代中國電影史略//近代中國藝術發展史〔M〕.上海：良友圖書印刷公司，1936//中國無聲電影（四）〔M〕.北京：中國電影出版社，1996：1385.

〔7〕袁慶豐：1930 年代中國左翼電影的歷史面貌及其當下意義〔J〕.合肥：學術界，2015（6）：209～217.

〔8〕程季華.中國電影發展史：第 1 卷〔M〕.北京：中國電影出版社，1963.

〔9〕袁慶豐.雅、俗文化互滲背景下的《姊妹花》〔J〕.北京：當代電影，2008（5）：88～90.

〔10〕袁慶豐.主流政治話語對 1930 年代電影製作的介入及其藝術轉達——《國風》：中國電影歷史中的「反動」標本讀解〔J〕.浙江傳媒學院學報，2009（2）：43～47.

〔11〕袁慶豐.新舊電影中女主人公的道德站位——兼析 1934 年的國粹電影《歸來》〔J〕.合肥：學術界，2019（3）：133～141.

〔12〕逄增玉.滿映：殖民主義電影政治與美學的魅影〔M〕.北京：人民出版社，2015.

〔13〕軍委會攝製日本間諜片〔N〕.申報，1941-8-5（3），第 24213 期.

〔14〕「日本間諜」影片完成 演員中有盟國人士〔N〕.桂林：掃蕩報，1943-4-20（2）.

〔15〕吳樹勳.「日本間諜」是怎樣製成的〔J〕.成都：電影與播音，1943：2（5）：4.

〔16〕評「日本間諜」〔J〕.成都：電影與播音，1943：2（7）：1.

〔17〕戈平.影評：「日本間諜」和「氣壯山河」及其他〔J〕.上海：綜合，1945：1（3）：21.

〔18〕《日本間諜》〔J〕.上海：聯合畫報，1945（157～158）：18.

〔19〕周內放映「日本間諜」〔J〕.杭州：新戰士，1946（9）：1.

〔20〕雷莎.評日本間諜〔J〕.上海：影劇週刊，1945（創刊號）：8.

〔21〕百度百科：袁叢美〔EB/OL〕，https://baike.baidu.com/item/%E8%A2%81%E4%B8%9B%E7%BE%8E/1996846?fr=aladdin〔登陸時間：2020-2-4〕

〔22〕陸弘石，舒曉鳴.中國電影史〔M〕.北京：文化藝術出版社，1998：74.

〔23〕李道新.中國電影史（1937～1945）〔M〕.北京：首都師範大學出版社，2000.

〔24〕袁慶豐.紅色經典電影的歷史流變——從左翼電影、國防電影和抗戰電影說起〔J〕.學術界，2020（1）：170～177.

〔25〕虞吉.紀實性故事片的墶本：《東亞之光》〔J〕.北京：電影藝術，2005（05）：22～24.

〔26〕王禎.濫觴的大片——《日本間諜》的歷史文化研讀〔D〕.重慶：西南大學，2008.

〔27〕侯凱.類型正名與價值重估——20 世紀 40 年代中國間諜電影的歷史書寫〔D〕.福州：福建師範大學，2012.

〔28〕饒曙光.關於深化中國電影史研究的斷想〔J〕.北京：當代電影，2009（4）：72.

〔29〕酈蘇元.走近電影，走近歷史〔J〕.北京：當代電影，2009（4）：63.

The Japanese Spy(1943)——The overall form distribution of Chinese films and the political propaganda strategy of Anti-Japanese War films

Reading Guide: After the outbreak of Anti-Japanese War in 1937, the new Chinese film pattern formed before the war was not destroyed by the war on the whole，but divided into different geopolitical mode and continued to develop. The "isolated island" and the occupied area of Shanghai accepted and accommodated the new citizen film and the quintessence film, and revived the old citizen film which had been eliminated by the new film pattern before the war. A year ago, the national defense film, which was promoted from the left-wing film, naturally extended to the Anti-Japanese War film. Before the outbreak of the Pacific war, Hong Kong was influenced by the market and the cultural radiation of the mainland. Production of Anti-Japanese War films in Kuomintang-controlledarea dependedcompletelyon the three official studios, which enlightened the people, stimulated the morale of the army and attached equal importance to political propaganda. There are only six copies of Anti-Japanese War films available to the public, with half produced in Hong Kong and half produced in China. The particularity of the *Japanese Spy* lies in that it reflects theAnti-Japanese War in northeast China and forms a region echoes with the *Storm on the Border*. In terms of the relationship with other countries, the Italian identity of the protagonist has an echo with the national background of the Japanese anti-war soldiers in the *Glory of East Asia*.

Key Words: "isolated island" film; film of the occupied area; left-wing film; defense movies; Anti-Japanese War film; *The Japanese Spy*;

附錄一：1922～1936 年中國國產電影之流變——《黑白膠片的文化時態——1922～1936 年中國早期電影現存文本讀解》導論（修訂版）

圖片說明：左圖為拙著《黑白膠片的文化時態——1922～1936 年中國早期電影現存文本讀解》（上海三聯書店 2009 年 10 月第 1 版）封面照（設計效果圖之一），右圖為紙質版封底照（攝影：姜菲）。

據說，公曆 1905 年（清朝光緒三十一年）秋季，北京豐泰照相館創始人，同時又是西藥房、中藥鋪、桌椅店、汽水廠和大觀樓影戲園老闆的任景豐，用一架法國製造的木殼手搖攝影機，為當時著名的京劇演員譚鑫培拍攝了京劇《定軍山》中的幾段武打戲場面〔1〕P14。以往的中國電影研究界一般不僅將其視為本國人士在本土拍攝的第一部影片，同時也基本將這一年看作是中國電影歷史的開端〔1〕P13～14。

我個人一直對這類論述半信半疑——因為現在誰也沒有看到那部影片〔註 1〕；比較公允的史料也只承認《定軍山》不過拍攝了 3 個片段而已〔2〕。如果姑且承認這樣的事實和論斷，（而在此不做進一步的深入研討），那麼，從 1905 年秋～1937 年 7 月，現存的、公眾可以看到的（早期）中國影片（包括殘篇），只有區區 50 部左右。〔註 2〕

本書對中國電影文本的實證性討論，之所以從 1922 年開始，是因為現存最早的影片，就是那一年由明星影片公司出品的《勞工之愛情》（又名《擲果緣》）；實際上，出於篇幅平衡和對後一時期（1937 年 7 月～1945 年 8 月「抗戰時期」現存中國電影研究）後續研究的考量，本書展開討論的文本對象，又侷限於 1922 年～1936 年年底（以出品或公映時間為標準）的 36 部（個）影片。

〔註 1〕這種猜疑顯然不僅僅屬於我個人。實際上，對所謂譚鑫培之戲曲電影《定軍山》為中國第一部電影之說，有學者指出當屬誤傳，而且現在一些電影史所使用的電影劇照也靠不住（參見黃德泉：《戲曲電影〈定軍山〉之由來與演變》，原載《當代電影》2008 年第 2 期，第 104～111 頁，轉引自人大複印資料《影視藝術》2008 年第 5 期）。

〔註 2〕這些影片以及我對它們每一部的具體讀解意見，祈參見拙著《黑白膠片的文化時態——1922～1936 年中國早期電影現存文本讀解》（上海三聯書店 2009 年 10 月第 1 版）、《黑夜到來之前的中國電影——1937 年現存國產影片文本讀解》（中國廣播電視出版社 2012 年 1 月第 1 版），其未刪節（配圖），後來分別收入《黑棉襖：民國文化中的舊市民電影——1922～1931 年現存中國電影文本讀解》（「民國文化與文學研究」文叢第三編第十一、十二冊，臺灣花木蘭文化出版社 2014 年 9 月版）、《黑馬甲：民國時代的左翼電影——1932～1937 年現存中國電影文本讀解》（「民國文化與文學研究」文叢第五編，第二十三、二十四冊，臺灣花木蘭文化出版社 2015 年 9 月版）、《黑皮鞋：抗戰爆發前的新市民電影——1933～1937 年現存中國電影文本讀解》（「民國文化與文學研究」文叢六編，第八、九冊，臺灣花木蘭文化出版社 2016 年 9 月版）、《黑布鞋：1936～1937 年現存國防電影文本讀解》，「民國文化與文學研究」文叢七編，第二十一冊，臺灣花木蘭文化事業有限公司 2017 年 9 月版），以及《黑草鞋：1937～1945 年現存抗戰電影文本讀解》（臺灣花木蘭文化事業有限公司 2020 年版），敬請參閱。

按照我個人的觀點、研究和劃分，現存的、同時又是公眾可以看到的這36 部（個）影片，以時間為順序，大體上可以被歸納為如下幾個類型或流派或曰形態，即舊市民電影、左翼電影、新市民電影、國粹電影（即新民族主義電影）、國防電影（運動）。其中，左翼電影和國防電影，無論作為概念還是現象，在以往的中國電影歷史研究中多有界定和論述，其餘的類型或流派或曰形態，乃至稱謂，則是我個人根據對現存文本的歸納和分類，並在本書中以個案的方式逐一予以論證。

圖片說明：左為《勞工之愛情》（又名《擲果緣》，無聲片，明星影片公司 1922 年出品）片頭截圖；右為《一串珍珠》（無聲片，長城畫片公司 1925 年出品）片頭截圖。

1922 年～1931 年：舊市民電影

在我看來，從中國電影誕生之日起，到 1932 年之前，中國只有舊市民電影一種類型或曰形態。或者說，舊市民電影在這二十八年的發展歷程中，作為中國電影的主流或全部面貌基本沒有本質性的變化。

就相關資料來看，1910 年之前的中國電影基本上是翻拍傳統戲曲尤其是京劇，而且全部是片段，除此之外就是幾部香港製作的短片[1] P517～646。1912 年中華民國成立後兩年間的電影，單單從片名就大致可以看出這一時期電影的文化價值和審美趣味。譬如《難夫難妻》（又名《洞房花燭》）、《五福臨門》（又名《風流和尚》）、《二百五白相城隍廟》、《店夥失票》（又名《發橫財》）、《老少易妻》（以上均為亞細亞影戲公司 1913 年出品）和《莊子試妻》（香港華美影片公司 1913 年出品）。

到 1931 年為止，凡是在當時引起社會巨大反響的電影，譬如《黑籍冤魂》（幻仙影片公司 1916 年出品）、《閻瑞生》（中國影戲研究社 1921 年出品）、《紅粉骷髏》（新亞影片公司 1921 年出品）和《火燒紅蓮寺》（1～18 集，明星影片公司 1928～1931 年出品）等，無不圍繞鬼神迷信、家庭婚姻、男女戀情、黑幕兇殺、武俠打鬥和噱頭鬧劇聳人耳目。

因此，舊市民電影的特徵大致是，一、本土（民族）性；二、世俗性；三、倫理性；四、底層性；五、娛樂性。而上述特點又都是市場化的直接產物，所以又都具有明確、顯著的市場性。

舊市民電影的內容主要是講述家庭婚戀以及宣揚傳統倫理道德，以窺視他人隱私、暴露社會黑幕、醜惡現象以及光怪陸離的事情為意旨趣味，表現手法低級，趣味至上，追求商業利益最大化。題材相對狹窄，思想意識與審美趣味大多落後於時代。

在舊市民電影的文本資源——舊文學或曰通俗文學的發展過程中，雖然經歷了中國新文化運動（1915 年）和新文學運動（1917 年）的衝擊，但一直固守於舊文化或曰俗文化的範疇和層面，擁有以下層市民為主要群體的巨大的觀眾市場，並在一定程度上和以知識分子階層為主體的雅文化和新文藝形成對立〔3〕P93。

舊市民電影的鼎盛時期的代表是武俠片《火燒紅蓮寺》（1928），而 1932 年明星影片公司籌集鉅資打造出品的《啼笑因緣》在市場回報上的全面失敗，則預示著舊市民電影在電影發展中開始逐步退出歷史舞臺。實際上，就現存的、公眾可以看到的影片而言，1932 年的舊市民電影本身正處於蛻變前夜，譬如多少加入一些時尚元素以求新生。

現存的舊市民電影有 9 部，而且全部是無聲片（默片），即：《勞工之愛情》（又名《擲果緣》，明星影片公司 1922 年出品）、《一串珍珠》（長城畫片公司 1925 年出品）、《西廂記》（殘篇，民新影片公司 1927 年出品）、《情海重吻》（大中華百合影片公司 1928 年出品）、《雪中孤雛》（華劇影片公司 1929 年出品）、《怕老婆》（又名《兒子英雄》，上海長城畫片公司 1929 年出品），以及《一翦梅》、《桃花泣血記》和《銀漢雙星》（均為聯華影業公司 1931 年出品）和《南國之春》（聯華影業公司 1932 年出品）。對這些影片片名的直觀感性判斷，可以輕易地窺探出它們是 1910 年代～1930 年代初期舊市民電影的精神面貌和藝術氣質。

圖片說明：左為《海角詩人》（無聲片，殘篇，民新影片公司 1927 年出品）片頭截圖；右為《西廂記》（無聲片，殘篇，民新影片公司 1927 年出品）片頭截圖。

1932 年～1936 年：左翼電影

作為新電影形態，左翼電影出現於舊市民電影開始沒落的 1932 年，在其發展初期（我稱之為早期左翼電影），雖然帶有濃重的舊市民電影痕跡，但它的性質與前者截然不同；如果說舊市民電影是不革命的電影，那麼左翼電影不僅是革命的、還是先鋒和前衛的電影。

左翼電影興盛於 1933 年，退潮於 1936 年。其主要特徵是：一、思想性：立場激進，具有先鋒意識；二、宣傳性：政治訴求和集團利益表達至上，致力於傳播新思想、新理念；三、階級性：以階級立場和階級意識刻畫和表現人物；四、革命性：顛覆現有體制；五、批判性：反對一切強權勢力和強勢階層，同情弱勢階層和邊緣群體；六、暴力性：主張以暴力革命和暴力手段改變現狀。

左翼電影的藝術表現手法在繼承舊市民電影的基礎上多有新穎之處，新人物、新形象層出不窮，思想與煽情並重，雖然多有時代侷限（譬如二元對立模式），但依然是電影市場的潮流產物和時代選擇的必然結果。所以左翼電影的出現，不僅徹底地終結了舊市民電影一家獨大的時代，而且迅速獲得以青年知識分子為主體的新觀眾群體的熱烈擁躉、成為主流電影，從根本上為中國電影在 1930 年代的繁榮和整體走向奠定了思想與藝術基礎。

需要特別注意的是，早期左翼電影往往在借助舊市民電影傳統的愛情主題、故事框架和敘述模式的基礎上，將舊市民電影中旺盛活躍的個體性暴力基因移植到影片當中，為以後完全意義上的左翼電影架構中階級暴力意識和暴力革命模式奠定了基礎，譬如聯華影業公司 1932 年出品的《野玫瑰》和《火山情血》（均為孫瑜編導）。

在左翼電影興盛時期，其反強權特徵、對階級性的強調（以及由此生發的革命性決定的人性，乃至血統論）和階級暴力模式的全面覆蓋，其政治功利考量不僅被帶入到 1936 年興起的國防電影（運動），而且由此產生的倫理遮蔽效應，又與 1949 年後中國大陸電影中的人物行為意識及其表述，存在著政治、社會和藝術範疇內直接的邏輯關係。二者在一個更為狹窄的思想領域裏和藝術空間中，被有選擇地激活、複製、放大並最終作為隱形基因完成超越時空的隔代傳遞

現存的、公眾可以看到的左翼電影大部分是無聲片或配音片，而且基本上出自聯華影業公司，（兩部完全意義上的有聲片，則均由電通影片公司出品）：《野玫瑰》、《火山情血》（均為聯華影業公司 1932 年出品）、《春蠶》（明星影片公司 1933 年出品）、《天明》、《小玩意》、《母性之光》（均為聯華影業公司 1933 年出品）、《惡鄰》（月明影片公司 1933 年出品）、《體育皇后》、《大路》、《新女性》、《神女》（均為聯華影業公司 1934 年出品）、《桃李劫》（電通影片公司 1934 年出品）、《風雲兒女》（電通影片公司 1935 年出品）、《孤城烈女》（聯華影業公司 1936 年出品）。

圖片說明：左為《情海重吻》（無聲片，大中華百合影片公司 1928 年出品）片頭截圖；右為《雪中孤雛》（無聲片，華劇影片公司 1929 年出品）片頭截圖。

1933 年～1936 年：新市民電影

明星影片公司 1933 年出品的有聲片《姊妹花》，不僅是中國有聲片時代第一部高票房電影，還是新市民電影出現的標誌。

新市民電影和在它前一年出現的左翼電影一樣，雖然也脫胎於舊市民電影，但它同樣自成體系、面目新鮮。一方面，新市民電影的題材與當下聯繫緊密，世俗審美述求第一，在全盤繼承舊市民電影的倫理性、世俗性、娛樂性、市場性的基礎上，更注重電影的文化消費意識、奉行電影新技術主義路線；另一方面，新市民電影積極借助除了階級意識、暴力革命和激進立場之外的諸多左翼電影元素，即使出於市場考量予以引進，也是盡可能淡化其激進色彩。因此，新市民電影始終具有相對的政治保守性和改良色彩的調和性。從這個角度說，新市民電影擁有比以往的舊市民電影和同時期的左翼電影更廣泛的市場覆蓋性。

從大的時代背景上看，新市民電影是 1930 年代中國雅、俗文化交融互滲的自然結果〔3〕P337~338。以明星影片公司 1933 年出品的《姊妹花》為例，它在本質上還沒有完全脫離舊文學、舊藝術的思想範疇，其主題和情節設置乃至具體的藝術表現手法，都還基本依賴舊市民電影的套路，譬如大團圓結局的設置和苦情戲的使用。新市民電影的興起，既與 1930 年代中國城市化進程加速、大批失去土地的農民進入城市謀求生路的現實境況相對應，也與以激進的思想性、階級性見長的左翼電影的興盛潮流相呼應，進而迎合了包括男女農民工在內的普通觀眾，對自身命運的情感檢索和道德訴求。

1930 年代之前的舊市民電影，基本上可以視為中國舊文學或俗文化的電子影像版，主題、人物尤其是思想了無新意，落後於時代發展變化，大多沉溺於老舊的傳統倫理宣揚和煩瑣、庸俗的日常生活尤其是男女情感的描述，使得它不能被以新文學所代表的主流文學接納。左翼電影之所以能將舊市民電影全面取代並大行其道，就是佔了一個「新」字，譬如新的價值觀念、新的思想潮流、新的人物形象、以青年學生為代表的新知識分子等等。

但同時，左翼電影大多不考慮或者排斥市民電影對現實人生細密的、世俗層面的關注。因此，左翼電影和新文學都多少與常態人生有些生分和距離，即使有所表現，也多少都有自上而下的概念化傾向。而新市民電影是在直接繼承舊市民電影對城市中世俗民生關注的基礎上，積極借助、吸收和多少容納了左翼文藝對底層大眾精神予以觀照的姿態。

因此，不論是市民階層還是知識分子階層、不論是舊人物還是新人物，在新市民電影當中，更多地是從世俗人間、平等眾生的角度去被看待和表現的，譬如明星影片公司 1936 年出品的《新舊上海》就是如此。因此，左翼電影與新市民電影攜手走過 1935 年之後，終於在一定程度上解決了左翼電影有深度但相對沒趣味、新市民電影又單純注重趣味卻常常缺失思想的癥結，並且成為左翼電影在 1936 年消亡後直至 1937 年（7 月之前）的主流電影。

和舊市民電影全部是無聲片不同，現存的、公眾可以看到的新市民電影全部是完全意義上的有聲片，而且幾乎由明星影片公司一家獨攬：即《脂粉市場》（1933）、《姊妹花》（1933）、《女兒經》（1934）、《船家女》（1935）、《新舊上海》（1936），只有《漁光曲》（配音片）出自聯華影業公司、《都市風光》（1935）出自電通影片公司。

圖片說明：左為《怕老婆》（又名《兒子英雄》，無聲片，長城畫片公司 1929 年出品）片頭截圖；右為《紅俠》（無聲片，友聯影片公司 1929 年出品）片頭截圖。

1935 年：國粹電影（即新民族主義電影）

1937 年 7 月之前的 1930 年代中國電影，從製做到發行、放映，幾乎都被當時的三大公司即聯華影業公司、明星影片公司和天一影片公司壟斷瓜分。市民電影則無論新舊與否，基本是由成立於 1920 年代的「明星」和「天一」兩家包辦，成立於 1930 年的「聯華」公司，不僅是率先製作新電影譬如左翼電影的製片公司和出品中心，而且也是 1930 年代幾乎所有新類型／新形態電影的嘗試者和領跑者。這與「聯華」公司的創始人和主導者羅明祐、黎民偉的政治、商業和文化背景密切相關。

羅、黎二人雖然分別出生於中國香港和日本橫濱，但他們的祖籍同屬中國近現代革命的策源地廣東，而且其家族和個人與國內政、商兩界淵源深廣。黎民偉是孫中山 1905 年在日本東京成立的同盟會（中國國民黨前身）資深成員之一，1910 年代初期於香港涉足電影製片，旋即投身革命，在 1925 年孫中山逝世於北京之前，一直追隨其行蹤拍攝新聞紀錄片。孫氏曾為他的電影拍攝專門簽發「大總統手令」、并題寫「天下為公」條幅予以表彰[4]。羅明祐亦出身巨商之家，其三叔曾出任北洋政府司法總長，1919 年羅明祐就讀北京大學法學院二年級時，即開始介入北平電影放映市場，至 1929 年，他的華北公司掌控的放映網和院線已經將經營範圍擴展到了東北地區[5]。

1930 年，以羅明祐的華北電影有限公司和黎民偉的民新影片公司為主的聯華影業公司成立，其股東既包括英國籍貴族和前任香港總督、北洋政府的總理、內務部長、司法總長和財政大員，也包括南京國民黨政府的外交部長，以及江浙財閥、華僑巨商、煙草公司和洋行買辦[1] P147。官僚買辦背景和現代資本主義的經營方式，並不意味著「聯華」的電影製作是反動的和不革命的，恰恰相反，最革命的左翼電影基本上就是在此生產出品的。因為它是時代精神、歷史潮流以及電影市場走向和新觀眾群體的主動選擇合力完成的結果。

1935 年，由國民政府黨軍政領袖蔣介石及其夫人發力，自上而下發起提倡波及全國的「新生活運動」。從運動始作俑者的角度，其主旨除了有維護文化傳統、提升國民道德水準和倡導文明生活方式的良苦用心之外，還有試圖借助本土的倫理綱常及其傳統文化資源，從黨國一體、領袖至上的專制獨裁高度，整肅人心、統一思想，進而擺脫左翼思潮尤其是共產主義思想的影響，以強化其合法統治。

在當時中國社會本土經濟實力增強，現代民族意識和國家文化意識開始顯露的情形下，像羅明祐、黎民偉這樣的民族主義者和現代知識分子未必認同國民政府的黨派理念，但雙方對傳統文化的厚愛和民族主義立場的堅持，顯然在「聯華」的電影製作中找到了立足點和重合之處，這就是無聲片《國風》和配音片《天倫》（以及《慈母曲》）的出現。

從公司製片路線的角度看，《國風》和《天倫》（以及《慈母曲》），是羅明祐、黎民偉在和明星影片公司等對手的市場競爭中，在得到政府的政策扶持和鼓勵下，有意識地在左翼電影之外另創新路的表現。不幸的是，影片的主旋律在實際操作中被生硬地置換為主旋律電影。加之套用舊市民電影套路，處理手法僵直，與時代潮流和市場需求脫節，結果不僅導致票房慘敗，而且從此動搖了羅明祐在「聯華」公司的主導地位[1] P457。

現在來看，國粹電影（即新民族主義電影，原先我稱之為新民族主義電影或曰高度疑似政府主旋律電影），在當時的出現雖然沒有撼動左翼電影和新市民電影所形成的國產電影主流格局，但卻意味著主流政治話語和國家主義對電影生產的介入和實質性濫觴——早在兩年前的 1933 年，國民黨中央宣傳部在南京主持成立了東方影片公司，雖然在製片上始終毫無建樹〔1〕P295，但黨營製片機構的出現，標誌著中國電影史上民營／私營企業單一性質的電影生產歷史的結束。

圖片說明：左為《女俠白玫瑰》（即《白玫瑰》，無聲片，華劇影片公司 1929 年出品）片頭；右為《戀愛與義務》（無聲片，聯華影業公司 1931 年出品）片頭。

1936 年 2 月：《浪淘沙》

1930 年代日本對中國的侵略，始終既是中華民族、中國社會被迫面對的生死存亡問題，也是從根本上左右中國電影歷史發展的決定性因素。1931 年日本侵佔東北的九・一八事變、1932 年日本侵略上海一・二八事變，不僅進一步激起中國人民的反日浪潮，還直接導致反抗強權勢力、堅持激進民族主義立場的左翼電影的出現。1935 年侵華日軍和民國政府代表簽訂的《何梅協定》（「華北事變」），意味著中國華北繼東北之後成為由日本軍事勢力實際控制的地區。

它在中國現代政治歷程中的直接後果，就是當年年底北平學生大規模的抗議遊行（一二・九運動）和次年年底東北軍、西北軍將領扣押最高軍政領袖、籲請停止內戰、立即武力抗日的「雙十二事變」（「西安事變」）。對電影製作而言，前者直接催生了 1936 年年初上海電影界發起的「攝製鼓吹民族解放」的「國防電影運動」〔1〕P416~417，後者則是《浪淘沙》出現的現實性政治生態基礎。

面對日本加緊全面侵略中國的緊張局勢和國內各政治、軍事集團和勢力錯綜複雜、角鬥不已的混亂格局，聯華影業公司在羅明祐、黎民偉的強力主導下，於1936年2月攝製完成了公司第一部完全意義上的有聲電影《浪淘沙》。《浪淘沙》的表現形式與影片的主題（內容）具有同等重要的價值，它打破了藝術理論對內容和形式慣常的主、次地位之分，而且給人的震撼是前所未有的。換言之，《浪淘沙》具備的電影現代性和文本前衛性，不僅賦予在以往幾種類型／形態的電影從未提供過的藝術氣質，而且在以後的幾十年間也依然表現出後繼無人的前衛姿態和巔峰地位。

《浪淘沙》包括結構、節奏、鏡頭、構圖、音響、光線等在內的藝術要素，以及由此生成的擊穿庸常人生哲理底線的力度，不僅在當時體現出超越敘述本體的主體意義，在一定程度上，還是1980年代中期中國大陸所謂第五代導演崛起的直接的藝術源泉和間接的思想資源。《浪淘沙》的故事架構雖然是典型的新、舊市民電影模式，集中了兩者的一切經典元素，具備市民文化的低端消費接口，但它的主題思想不僅容納了左翼電影能夠表達的一切主要元素，譬如階級意識、階級鬥爭、暴力反抗，還包括了即將興起的國防電影運動所影射承載的民族矛盾和國家立場，以及國粹電影（即新民族主義）電影中的知識分子價值判斷。

更值得注意的是，《浪淘沙》成功地將上述種種放置於殘酷和封閉的自然環境中，對人與人、人與自然關係及其哲理化的終極性思考意義。《浪淘沙》是1936年抗戰爆發之前中國國家和民族命運的象徵，如果單純從電影製作的角度來看，它恰恰是「聯華」公司一年前製作的國粹電影的一個反動，即反主旋律電影。《浪淘沙》發出的聲音、表達的意象和強烈的現實象徵性，既與以往的左翼電影侷限於階級鬥爭觀念的激進立場和政治態度有所區別，也和新市民電影一貫的政治保守性和主題思想的庸常性有高下之分，甚至半年以後出現的國防電影，在主題思想上也直接繼承了《浪淘沙》清醒的政治判斷、切實的操作主張。

《浪淘沙》的出現，打破了左翼電影、新市民電影和國粹電影對中國主流電影話語權利共同把持、競爭的既定格局，一種新的話語體系和政治立場開始出現。不幸的是，《浪淘沙》在思想層面不亞於當年左翼電影的激進取向和高端姿態，使得它既沒有被當時的人們理解接受，也沒有獲得市場應有的商業回報——市場不是永遠正確或萬能的，它還有劣幣驅除良幣的一面——

相反，因為成本高昂，加重了「聯華」原本就已存在的經濟困難，結果不僅直接迫使羅明祐、黎民偉等公司高層的離去〔1〕P458，而且也導致像吳永剛這樣超一流編導的流失〔1〕P459。

這種令人遺憾的結局，既造成中國電影不可估量的歷史性損失，也預示著現代知識分子所承擔的憂患意識、自由精神、獨立姿態和批判立場，在以後中國電影發展歷史中的長期缺席——現在來看，內容和形式上都特立獨行的《浪淘沙》，應該歸屬於國防電影序列：因為這是一個後來不幸被歷史證實了的清醒者的寓言。

圖片說明：左為《一翦梅》（無聲片，聯華影業公司 1931 年出品）片頭；右為《桃花泣血記》（無聲片，聯華影業公司 1931 年出品）片頭。

1936 年：國防電影（運動）

現存的、公眾可以看到的國防電影文本，（除了）有聯華影業公司在本年度出品的配音片《狼山喋血記》和第一部有聲片《浪淘沙》，以及新華影業公司的有聲片《壯志凌雲》外，還有 1937 年聯華影業公司出品的有聲片《聯華交響曲》中的五個短片，以及新華影業公司出品的有聲片《青年進行曲》和聯華影業公司出品的有聲片《春到人間》。國防電影實際上是左翼電影基本元素被容納和整合後的轉型結果和產物，突顯了左翼電影的抗敵（抗日）品質，反映了面對日本全面侵略戰爭的日漸逼近時、在民族主義和民族解放訴求引導下日漸高昂的抗日呼聲和社會情緒。

從電影發展史和這六部可供讀取相關信息的樣本來看，國防電影對左翼電影的思想主題、題材選擇和表現模式，在多有繼承和保留的前提下又有所揚棄，譬如以民族矛盾取代階級矛盾和階級鬥爭的暴力元素，將人物的善惡二元對立模式應用於敵我雙方等。由於從 1935 年的「華北事變」到 1937 年 7 月抗日戰爭全面爆發，在時間上只有兩年，國防電影運動整體上缺乏左翼電影相對長久的藝術實踐、意識培養和思想資源積累，因此，這種轉型又可以視為因外部環境突然發生巨大改變後的強行轉型。

國防電影對民族獨立立場和民族解放精神的宣揚，顯然決定了它是左翼電影暴力意識和暴力革命最直接的受益者和繼承者，也是其主要特徵之一。但就現存的、公眾可以看到的樣本而言，國防電影在藝術成就上，除了《浪淘沙》和《壯志凌雲》外，總體上還不能與左翼電影相比。譬如《狼山喋血記》就是一個由左翼電影強行轉型、但相對而言並不能說是成功的作品。國防電影最偉大的貢獻，是從世界現代史的高度，培養了底層民眾視角的現代意義上的民族國家觀念。

國防電影運動的生成、演進和成就，一方面得益於左翼電影發展的歷史和傑出成就所奠定的思想、藝術、和人才基礎；另一方面，對張善琨和新華影業公司在中國電影界乃至文化領域的出現和成功而言，由吳永剛編導的《壯志凌雲》，其提供的既是一個判斷解讀的樣本和角度，也是電影市場對時代和社會發展潮流做出的及時反應和結晶。

《壯志凌雲》最大程度地剝離了左翼電影思想元素和諸多表現模式與左翼思想根源的產權關係，然後成功地借用國防電影的殼資源轉型上市，進而為啟動宣傳民族戰爭正義程序和暴力編碼的不同黨派、階層和受眾群體，提供了一個低於左翼電影版本的接入端口。

張善琨和新華影業公司在順應時代潮流和電影市場演進中，不僅就此取代了聯華影業公司的領袖地位，而且其在國防電影和新市民電影基礎上整合出品的影片，擁有比前兩者更長久的生命力：無論是在 1937～1945 年抗日戰爭的特殊歷史時期，還是在 1949 年之前中國電影的格局演變中，張善琨掌控的電影企業始終立於不敗之地，成為中國電影最有代表性和凝聚力的民族文化品牌。

值得特別注意的是，除了吳永剛的天才作品《浪淘沙》，包括上述其他四部影片在內的、所有的國防電影，尤其是它的前身——左翼電影，二者的社會立場、思想資源、主題題材和藝術模式，都深深嵌入並作用於 1949 年以後中國大陸電影的魂靈，影響至今揮之不去。

圖片說明：左為《銀漢雙星》（無聲片，聯華影業公司 1931 年出品）片頭截圖（VCD 版）；右為《南國之春》（無聲片，聯華影業公司 1932 年出品）片頭截圖（VCD 版）。

結語：軟性電影及其他

1933～1935 年，在中國電影史上曾經出現過對所謂軟性電影的激烈爭論〔1〕P395～411。從幾方的陳述論點來看，所謂軟性電影，大概是舊市民電影在新電影（左翼電影和新市民電影）興盛時期的迴光返照，以及官方意志及其話語試圖侵入電影製作領域不成功的努力。近幾年，中國大陸一些研究者開始跳出狹隘的意識形態束縛，對此多有討論〔註 3〕。但由於現在沒有公眾可以看到的文本作為佐證和參與分析的對象，因此，對這一問題的實證性討論我只能付諸闕如並表示遺憾。

從現存的、公眾可以看到的 1922～1936 年 36 部（個）影片來看，1932 年之前是舊市民電影的一統天下，進入 1930 年代後，中國電影的主流是左翼電影—國防電影、新市民電影以及國粹電影（即新民族主義電影）的構成。至於所謂「軟性電影」，則無疑具有邊緣性質，除非出於意識形態的單邊政治文化需求，一般不會進入研究者的觀照視野予以實證考量。

〔註 3〕請參見李今：《從「硬性電影」和「軟性電影」之爭看新感覺派的文藝觀》（《中國現代文學研究叢刊》1998 年第 3 期）、石恢：《三十年代「軟性電影論」檢視》（《南京社會科學》1999 年第 2 期）、黃獻文：《對三十年代「軟性電影論爭」的重新檢視》（《電影藝術》2002 年第 3 期）、安燕：《再讀「軟性電影論」》（《電影藝術》2003 年第 5 期）、孟君：《話語權．電影本體：關於批評的批評——「硬性電影」與「軟性電影」論爭的啟示》（《當代電影》2005 年第 2 期）等相關論述。

從 1905 年所謂中國電影誕生，到 1949 年後中國電影一分為三（大陸、香港、臺灣），上海始終是中國最大的和最主要的電影生產中心和消費市場。實際上，本書中討論的所有影片幾乎都在上海出品、公映的。因此，對中國電影任何角度和意義上的討論，都必然涉及以上海為代表的文化背景、都市意識和市場走向。在這個意義上，對中國電影歷史發展的討論，其實不過是對上海所具備的現代都市文化的實證研究。〔註 4〕

初稿日期：2007 年 5 月 4 日
二稿日期：2008 年 2 月 14 日～7 月 27 日
圖文修訂：2017 年 3 月 16 日～6 月 27 日
再版校訂：2020 年 4 月 16 日～5 月 21 日

〔註 4〕本文最初曾以《1922～1936 年中國國產電影之流變——以現存的、公眾可以看到的文本作為實證支撐》為題，先行發表於《學術界》2009 年第 5 期（合肥，雙月刊；責任編輯：流爽），後作為《導論》，收入《黑白膠片的文化時態——1922～1936 年中國早期電影現存文本讀解》（上海三聯書店 2009 年 10 月第 1 版）。需要說明的是，這十幾年來經過不間斷的後續文本實證，我認為我對這一時期中國電影的理論框架體系的適用性依然有效，但做了如下調整。第一，《浪淘沙》不應單獨列為「新浪潮電影」，應該劃入由左翼電影升級轉換而來的國防電影序列；第二，《漁光曲》不應被視為左翼電影而屬於新市民電影；第三，所謂「高度疑似政府主旋律電影或曰民族主義電影」，**我已改稱其為國粹電影（即新民族主義電影）**。本文的第一次修訂版曾作為拙著《黑布鞋：1936～1937 年現存國防電影文本讀解》（「民國文化與文學研究」文叢七編，第二十一冊，臺灣花木蘭文化事業有限公司 2017 年 9 月版）之《導論》（增加十八幅插圖並將原**相關鏈接改為注釋**，為讀者對比批判計，所有的改訂之處均用黑體字標示）。此次列為《附錄》，是因為本書與「黑布鞋」都屬於本人承擔的「北京市社會科學研究項目《1936～1945 年中國國防電影與抗戰電影研究》（16YTB021）」系列成果（此書為後半部分）。另外，本次對所有文字（包括所有注釋）的新改訂之處，均以黑體標識，以供讀者對比批判。特此申明。

圖片說明：左為《戀愛與義務》（無聲片，聯華影業公司 1931 年出品）複製版片頭（視頻版），右為《戀愛與義務》拷貝版片頭（視頻版）。

參考文獻：

〔1〕程季華.中國電影發展史：第 1 卷〔M〕.北京：中國電影出版社，1963.

〔2〕酈蘇元，胡菊彬.中國無聲電影史〔M〕.北京：中國電影出版社，1996：15.

〔3〕錢理群，溫儒敏，吳福輝.中國現代文學三十年（修訂本）〔M〕.北京：北京大學出版社，1998.

〔4〕香港電影之父——黎民偉（DVD）.監製：蔡繼光、羅卡；資料、編劇：羅卡、吳月華；導演：蔡繼光。香港藝術發展局資助，香港龍光影業有限公司 2001 年出品.

〔5〕朱劍.電影皇后——胡蝶（上），西陸-〉社區-〉文學-〉書王〔EB/OL〕.http://forum.xilu.com/msg/wqh550816/m/4987.html〔2007-4-5〕。

圖片說明：《黑白膠片的文化時態——1922～1936 年中國早期電影現存文本讀解》出版前的封面設計方案之一（效果圖）。此圖片以前未曾刊用。

附錄二：第三種聲音和立場——1930 年代國粹電影的生成背景、歷史意義及其結構性傳承——《黑棉褲：抗戰全面爆發前的國粹電影——1934～1937 年現存文本讀解》導論

閱讀指要：

1930 年代初期，中國電影有新、舊之分，宣揚抗日救亡、為弱勢階層發聲的左翼電影屬於新電影，這是學術界多年來的公論。但研讀現存的、公眾可以看到的 1938 年之前的電影文本就會發現，新電影還包括有條件地抽取借用左翼電影思想元素以擴大市場份額的新市民電影，以及既反對左翼電影激進的社會革命立場，同時又反對新市民電影側重都市文化消費的國粹電影。國粹電影生成於中西方文化激烈碰撞的大背景下，在對待傳統文化大是大非的態度上，摒棄了以往舊市民電影抱殘守缺、故步自封的取用原則，代之以選取優質資源，試圖在新時代潮流中為故邦找尋家國一體的立身之本、確立強健民族新生命脈動的努力。作為第三種聲音、第三種立場，國粹電影不僅即時進入抗戰全面爆發前中國電影多元化的新一代話語編程體系，而且成為其結構性的重要組成部分遺惠至今。

關鍵詞：舊市民電影；左翼電影；新市民電影；國防電影；抗戰電影；國粹電影；

圖片說明：《黑白膠片的文化時態——1922～1936 年中國早期電影現存文本讀解》（344p，300 千字，ISBN 978-7-5426-2985-2，上海三聯書店 2009 年 10 月第 1 版）封面（左）、封底照。（圖片攝影：姜菲）

甲、前面的話

1930年代初期就有評論者和研究者，把當時的中國電影分成「新」與「舊」。只不過舊電影都認為舊，但沒有進一步的稱謂。新電影則被稱為「新興電影」[1]，或「復興」的「土著電影」[2]。1949 年之後中國大陸的電影史研究，都承認這種新、舊之分。只不過，1990 年代之前的研究，對新電影只承認或只提及左翼電影[3] P183。1990 年代以後的研究者，有的沿襲了「新興電影」（運動）的稱謂[4][5][6]，有的新命名為「新生電影（運動）」[7]。

在我看來，與新電影相區別的舊電影，即從 1905 年中國電影誕生，到 1932 年左翼電影出現，這二十八年的中國電影，全部是舊市民電影形態，或者說，屬於舊市民電影為唯一面貌的時代[8]。舊市民電影的題材、主題，基本上源自「鴛鴦蝴蝶派」和「禮拜六派」等言情小說，以及武俠小說——因此，早期中國電影史上的武俠片也都屬於舊市民電影形態——換言之，舊市民電影幾乎全部來自「鴛鴦蝴蝶派」、「禮拜六派」和武俠小說等通俗文學，是與新文學、新文化相對而言的舊文學、舊文化的電子影像版。[9]

現存的、公眾可以看到的影片文本，大約有二十部左右。即有《勞工之愛情》(《擲果緣》，1922)〔註 1〕、《一串珍珠》(1925)〔註 2〕、《海角詩人》(1927)〔註 3〕、《西廂記》(1927)〔註 4〕、《情海重吻》(1928)〔註 5〕、《雪

〔註 1〕《勞工之愛情》(又名《擲果緣》，故事片，黑白，無聲)，明星影片公司 1922 年出品；VCD(單碟)，時長 22 分鐘；編劇：鄭正秋；導演：張石川；主演：鄭鷓鴣、余瑛、鄭正秋。我對這部影片的具體意見，祈參見拙作：《〈勞工之愛情〉：傳統戲劇戲曲的電子影像版——現在公眾能看到的最早最完整的早期中國電影》(載《渤海大學學報》2009 年第 4 期)，其完全版和未刪節版(配圖)，先後收入《黑白膠片的文化時態——1922～1936 年中國早期電影現存文本讀解》(上海三聯書店 2009 年 10 月第 1 版)和《黑棉襖：民國文化中的舊市民電影——1922～1931 年現存中國電影文本讀解》(「民國文化與文學研究」文叢第三編第十一、十二冊，臺灣花木蘭文化出版社 2014 年 9 月版)，敬請參閱。

〔註 2〕《一串珍珠》(根據法國莫泊桑的小說《項鍊》改編，故事片，黑白，無聲)，長城畫片公司 1925 年出品；VCD(雙碟)，時長 101 分鐘；編劇：侯曜；導演：李澤源；攝影：程沛霖；主演：雷夏電、劉漢鈞、翟綺綺、劉繼群、黃志懷、邢少梅、蔡毓飛。我對這部影片的具體意見，祈參見拙作：《外來文化資源被本土思想格式化的體現——〈一串珍珠〉(1925 年)：舊市民電影及其個案剖析之一》(載《上海文化》2007 年第 5 期)，其完全版和未刪節版(配圖)，先後收入《黑白膠片的文化時態——1922～1936 年中國早期電影現存文本讀解》和《黑棉襖：民國文化中的舊市民電影——1922～1931 年現存中國電影文本讀解》，敬請參閱。

〔註 3〕《海角詩人》(故事片，黑白，無聲，殘片)，民新影片公司 1927 年出品；視頻(殘篇)，時長 19 分 31 秒；編劇、導演：侯曜；攝影：梁林光；主演：侯曜、林楚楚、李旦旦、辛夷、邢少梅。我對這部影片的具體意見，祈參見拙作：《新知識分子的舊市民電影創作——新發現的侯曜〈海角詩人〉殘片讀解》(載《浙江傳媒學院學報》2012 年第 5 期)，其未刪節版(配圖)，收入《黑棉襖：民國文化中的舊市民電影——1922～1931 年現存中國電影文本讀解》，敬請參閱。

〔註 4〕《西廂記》(殘篇，故事片，黑白，無聲)，民新影片公司 1927 年出品；VCD(單碟)，時長 43 分鐘；編導：侯曜；說明：濮舜卿；攝影：梁林光；主演：葛次江、林楚楚、李旦旦。我對這部影片的具體意見，祈參見拙作：《傳統性資源的影像開發和知識分子對舊市民電影情趣的分享——以民新影片公司 1927 年出品的影片〈西廂記〉為例》(載《長江師範學院學報》2009 年第 2 期)，其完全版和未刪節版(配圖)，先後收入《黑白膠片的文化時態——1922～1936 年中國早期電影現存文本讀解》和《黑棉襖：民國文化中的舊市民電影——1922～1931 年現存中國電影文本讀解》，敬請參閱。

〔註 5〕《情海重吻》(故事片，黑白，無聲)，上海大中華百合影片公司 1928 年出品；VCD(單碟)，時長 59 分 48 秒；編劇、導演：謝雲卿；攝影：周詩穆、嚴秉衡；主演：王乃東、湯天繡、陳一棠、楊愛貞、謝雲卿、王謝燕、崔天生、張扶風、吳一笑。我對這部影片的具體意見，祈參見拙作：《對 1920 年代末期中國舊市民電影低俗性的樣本讀解——以 1928 年大中華百合影片公司的〈情海重吻〉為例》(載《浙江傳媒學院學報》2009 年第 4 期)，其完全版和未刪節版(配圖)，先後收入《黑白膠片的文化時態——1922～1936 年中國早期電影

中孤雛》（1929）〔註6〕、《怕老婆》（《兒子英雄》，1929）〔註7〕、《紅俠》（1929）〔註8〕、《女俠白玫瑰》（1929）〔註9〕、《戀愛與義務》（1931）〔註10〕、《一

現存文本讀解》和《黑棉襖：民國文化中的舊市民電影——1922～1931年現存中國電影文本讀解》，敬請參閱。

〔註6〕《雪中孤雛》（故事片，黑白，無聲），華劇影片公司1929年出品；VCD（雙碟），時長76分22秒；編劇及說明：周鵑紅；導演：張惠民；副導演：吳素馨；攝影：湯劍廷；主演：吳素馨、韓蘭根、沈麗霞、李紅紅、張惠民、丁華氏、張劍英、吳素素、盛小天。我對這部影片的具體意見，祈參見拙作：《〈雪中孤雛〉：新時代中的舊道德，老做派中的新景象——1920年代末期中國舊市民電影個案分析之一》（載《淮南師範學院學報》2009年第1期），其完全版和未刪節版（配圖），先後收入《黑白膠片的文化時態——1922～1936年中國早期電影現存文本讀解》和《黑棉襖：民國文化中的舊市民電影——1922～1931年現存中國電影文本讀解》，敬請參閱。

〔註7〕《怕老婆》（又名《兒子英雄》，故事片，黑白，無聲），上海長城畫片公司1929年出品；VCD（單碟），時長71分11秒；編劇：陳趾青；導演：楊小仲；攝影：李文光；主演：張哲德、劉繼群、許靜珍、洪警鈴、高威廉。我對這部影片的具體意見，祈參見拙作：《上世紀20年代舊文化生態背景下的舊市民電影——以1929年出品的〈兒子英雄〉為例》（載《汕頭大學學報》2009年第5期），其完全版和未刪節版（配圖），先後收入《黑白膠片的文化時態——1922～1936年中國早期電影現存文本讀解》和《黑棉襖：民國文化中的舊市民電影——1922～1931年現存中國電影文本讀解》，敬請參閱。

〔註8〕《紅俠》（故事片，黑白，無聲），友聯影片公司1929年出品；視頻，時長92分03秒；導演：文逸民；副導演：尚冠武；攝影：姚士泉；主演：范雪朋、文逸民、瞿一峰 、徐國輝、王楚琴、尚冠武。我對這部影片的具體意見，祈參見拙作：《舊市民電影的總體特徵——1922～1931年中國早期電影概論》（載《浙江傳媒學院學報》2013年第3期）、《舊市民電影的又一新例證——以1929年友聯影片公司出品的武俠片〈紅俠〉為例》（載《浙江傳媒學院學報》2013年第4期），兩篇文章的合併及其未刪節版（配圖），收入《黑棉襖：民國文化中的舊市民電影——1922～1931年現存中國電影文本讀解》，敬請參閱。

〔註9〕《女俠白玫瑰》（又名《白玫瑰》，故事片，黑白，無聲，殘片），華劇影片公司1929年出品；視頻（殘篇），時長26分56秒；編劇：谷劍塵；導演：張惠民；攝影：湯劍廷；主演：吳素馨、阮聖鐸、盛小天。我對這部影片的具體意見，祈參見拙作：《中國早期電影中武俠片的情色、打鬥與噱頭、滑稽——以1929年華劇影片公司出品的〈女俠白玫瑰〉為例》（載《文化藝術研究》2013年第4期），其未刪節版（配圖），收入《黑棉襖：民國文化中的舊市民電影——1922～1931年現存中國電影文本讀解》，敬請參閱。

〔註10〕《戀愛與義務》（故事片，黑白，無聲），聯華影業公司1931年出品；視頻，時長101分54秒；原作：華羅琛夫人；編劇：朱石麟；導演：卜萬蒼；攝影：黃紹芬；主演：金焰、阮玲玉、陳燕燕、黎英、劉繼群、周麗麗。我對這部影片的具體意見，祈參見拙作：《中國早期電影的道德圖解與新電影的生長點——以聯華影業公司1931年出品的無聲片<戀愛與義務>為例》（載《浙江傳

翦梅》（1931）〔註 11〕、《桃花泣血記》（1931）〔註 12〕、《銀漢雙星》（1931）〔註 13〕、《銀幕豔史》（1931）〔註 14〕、《南國之春》（1932）〔註 15〕——近四、

媒學院學報》2014 年第 2 期，中國人民大學《複印報刊資料·影視藝術》2014 年第 7 期全文轉載），其未刪節版（配圖），收入《黑棉襖：民國文化中的舊市民電影——1922～1931 年現存中國電影文本讀解》，敬請參閱。

〔註 11〕《一翦梅》（故事片，黑白，無聲），聯華影業公司 1931 年出品；DVD（單碟），時長 111 分 58 秒；編劇：黃漪磋；導演：卜萬蒼；攝影：黃紹芬；主演：金焰、林楚楚、阮玲玉、王次龍、高占非、陳燕燕、王桂林、劉繼群、時覺非、周麗麗。我對這部影片的具體意見，祈參見拙作：《〈一翦梅〉：趣味大於思想，形式強於內容——1930 年代初期的中國舊市民電影樣本讀解之一》（載《新疆藝術學院學報》2008 年第 4 期），其完全版和未刪節版（配圖），先後收入《黑白膠片的文化時態——1922～1936 年中國早期電影現存文本讀解》和《黑棉襖：民國文化中的舊市民電影——1922～1931 年現存中國電影文本讀解》，敬請參閱。

〔註 12〕《桃花泣血記》（故事片，黑白，無聲），聯華影業公司 1931 年出品；VCD（雙碟），時長 88 分 15 秒；編劇、導演：卜萬蒼；攝影：黃紹芬；主演：金焰、阮玲玉、李時苑、王桂林、周麗麗、黎豔珠、韓蘭根、劉繼群、黃筠貞。我對這部影片的具體意見，祈參見拙作：《〈桃花泣血記〉：模式的遺存和新信息的些許植入——1930 年代初期的中國舊市民電影樣本讀解之一》（載《浙江傳媒學院學報》2009 年第 3 期），其完全版和未刪節版（配圖），先後收入《黑白膠片的文化時態——1922～1936 年中國早期電影現存文本讀解》和《黑棉襖：民國文化中的舊市民電影——1922～1931 年現存中國電影文本讀解》，敬請參閱。

〔註 13〕《銀漢雙星》（故事片，黑白，無聲），聯華影業公司 1931 年出品；VCD（雙碟），86 分 24 秒；原著：張恨水；編劇：朱石麟；導演：史東山；攝影：周克；主演：金焰、紫羅蘭、高占非、葉娟娟、陳燕燕、劉繼群、宗惟賡。我對這部影片的具體意見，祈參見拙作：《20 世紀 30 年代初期中國舊市民電影的傳統症候與新鮮景觀——以聯華影業公司出品的<銀漢雙星>為例》（載《浙江傳媒學院學報》2014 年第 5 期），其完全版和未刪節版（配圖），先後收入《黑白膠片的文化時態——1922～1936 年中國早期電影現存文本讀解》和《黑棉襖：民國文化中的舊市民電影——1922～1931 年現存中國電影文本讀解》，敬請參閱。

〔註 14〕《銀幕豔史》（故事片，黑白，無聲，殘片），明星影片公司 1931 年出品；視頻（殘篇），時長 51 分鐘 50 秒；導演：程步高；說明：鄭正秋；攝影：董克毅；主演：宣景琳、王徵信、夏佩珍、蕭英、王吉亭、謝雲卿、龔稼農、梁賽珍、嚴月嫻、王獻齋。我對這部影片的具體意見，祈參見拙作：《舊市民電影：1930 年代初期行將沒落的中國主流電影特徵——無聲片〈銀幕豔史〉（1931）簡析》（載《杭州師範大學學報》2014 年第 5 期），其未刪節版（配圖），收入《黑棉襖：民國文化中的舊市民電影——1922～1931 年現存中國電影文本讀解》，敬請參閱。

〔註 15〕《南國之春》（故事片，黑白，無聲），聯華影業公司 1932 年出品；VCD（雙碟），時長 78 分 34 秒；編劇、導演：蔡楚生；攝影：周克；主演：高占非、陳燕燕、葉娟娟、劉繼群、宗惟賡、陳少英、蔣君超、李紅紅。我對這部影片的具體意見，祈參見拙作：《論舊市民電影〈啼笑因緣〉的老和〈南國之春〉

五年來，又有一些新的現存文本公之於眾，譬如 1926 年出品的《兒孫福》、《奪國寶》，1927 年出品的《盤絲洞》，以及 1932 年出品的《啼笑因緣》、《粉紅色的夢》等。〔註 16〕

從文化屬性上說，舊市民電影以舊文化、舊文學為文本取用資源。換言之，在 1920 年代已經開始影響中國社會上層的新文學和新文藝，包括創作者，沒有進入到電影的製作和生產領域；同時，由於編導大多是舊小說或通俗文學的作者，演員也「祇有和『文明戲子』和『髦兒戲子』相仿的身份」[10]，因此，舊市民電影不過是市民文化和娛樂的一個部分[11]。舊市民電影始終站在維護傳統倫理觀念、對社會主流價值認同和歌頌的立場和角度，很少涉及當下的現實社會。在藝術形式上，舊市民電影和戲劇戲曲有著緊密的血緣關聯，電影最初被翻譯成「影戲」的道理就說明了這一點。1920 年代的中國電影，其本體性雖然在不斷成熟，但始終是和戲劇、戲曲捆綁在一起向前發展的。

乙、作為新電影的左翼電影和新市民電影

新電影的出現，以左翼電影的出現為標誌。而左翼電影的出現是 1932 年，主要代表是孫瑜編導、聯華影業公司出品的《野玫瑰》〔註 17〕和《火山情血》

的新》（載《揚子江評論》2007 年第 2 期），其完全版和未刪節版（配圖），先後收入《黑白膠片的文化時態——1922～1936 年中國早期電影現存文本讀解》和《黑棉襖：民國文化中的舊市民電影——1922～1931 年現存中國電影文本讀解》，敬請參閱。

〔註 16〕《兒孫福》（故事片，黑白，無聲，殘片），大中華百合影片公司 1926 年出品；視頻（殘篇），時長 48 分 18 秒；編劇：朱瘦菊；導演：史東山；攝影：周詩穆、余省三；主演：周文珠、王乃東、楊靜我、王次龍、謝雲卿。我對這部影片的具體意見，祈參見拙作：《「鴛鴦蝴蝶派」小說與舊市民電影的倫理性——以〈兒孫福〉（1926）為例》（載《北京電影學院學報》2017 年第 2 期）。我對《奪國寶》、《盤絲洞》、《啼笑因緣》、《粉紅色的夢》的讀解意見尚未公開發表，敬請關注。

〔註 17〕《野玫瑰》（故事片，黑白，無聲），聯華影業公司 1932 年出品；VCD（雙碟），時長 80 分鐘；編劇、導演：孫瑜；攝影：張偉濤；主演：王人美、金焰、葉娟娟、章志直、嚴工上、鄭君里、韓蘭根、劉繼群。我對這部影片的具體意見，祈參見拙作：《〈野玫瑰〉：從舊市民電影向左翼電影的過渡——現存中國早期左翼電影樣本讀解之一》（載《文學評論叢刊》第 11 卷第 1 期，2008 年 11 月，南京，季刊），其完全版和未刪節版（配圖），先後收入《黑白膠片的文化時態——1922～1936 年中國早期電影現存文本讀解》和《黑馬甲：民國時代的左翼電影——1932～1937 年現存中國電影文本讀解》（「民國文化與文學研究」文叢第五編，第二十三、二十四冊，臺灣花木蘭文化出版社 2015 年版），敬請參閱。

〔註 18〕。1933 年是左翼電影大行其道之年[3]P183；而「在左翼電影運動的影響下，其餘的幾乎是所有的各大小影片公司的創作也發生了巨大的變化」[3]P281。實際上，就是從這一年開始，左翼電影（和隨後出現的新市民電影一道），全面取代了舊市民電影，成為國產影片主流。

圖片說明：《黑夜到來之前的中國電影——1937 年現存國產影片文本讀解》（352p，356 千字，ISBN 978-7-5043-6575-0，中國廣播電視出版社 2012 年 1 月第 1 版）封面（左）、封底照。（圖片攝影：姜菲）

〔註 18〕《火山情血》（故事片，黑白，無聲），聯華影業公司 1932 年出品；VCD（雙碟），時長 95 分 41 秒；編劇、導演：孫瑜；攝影：周克；主演：黎莉莉、鄭君里、談瑛、湯天繡、袁叢美。我對這部影片的具體意見，祈參見拙作：《中國早期左翼電影暴力基因的植入及其歷史傳遞——以孫瑜 1932 年編導的〈火山情血〉為例》（載《河北師範大學學報》2009 年第 5 期）、《再談左翼電影的幾個特點及其知識分子審美特徵——二讀〈火山情血〉（1932）》（載《浙江傳媒學院學報》2015 年第 4 期）。前一篇的完全版和未刪節版（配圖），先後收入《黑白膠片的文化時態——1922～1936 年中國早期電影現存文本讀解》和《黑馬甲：民國時代的左翼電影——1932～1937 年現存中國電影文本讀解》，敬請參閱。

現存的、公眾可以看到的左翼電影文本，除了《野玫瑰》和《火山情血》，還有《天明》（1933）〔註 19〕、《母性之光》〔註 20〕、《小玩意》（1933）〔註 21〕、《惡鄰》（1933）〔註 22〕、《體育皇后》（1934）〔註 23〕、《大路》（1934）〔註 24〕、

〔註 19〕《天明》（故事片，黑白，無聲），聯華影業公司 1933 年出品；VCD（雙碟），時長 97 分 22 秒；編劇、導演：孫瑜；攝影：周克；主演：黎莉莉、高占非、葉娟娟、袁叢美、羅朋。我對這部影片的具體意見，祈參見拙作：《左翼電影的道德激情、暴力意識和階級意識的體現性與宣傳性——以聯華影業公司 1933 年出品的左翼電影〈天明〉為例》（載《杭州師範大學學報》2008 年第 2 期）、《〈天明〉：政治貞潔與肉身貞潔——左翼電影模式的基礎性延展》（載《汕頭大學學報》2018 年第 8 期）。前一篇文章的完全版和未刪節版（配圖），先後收入《黑白膠片的文化時態——1922～1936 年中國早期電影現存文本讀解》和《黑馬甲：民國時代的左翼電影——1932～1937 年現存中國電影文本讀解》，敬請參閱。

〔註 20〕《母性之光》（故事片，黑白，無聲），聯華影業公司 1933 年出品；VCD（雙碟），時長 93 分鐘；原作：田漢；編劇、導演：卜萬蒼；攝影：黃紹芬；主演：金焰、黎灼灼、陳燕燕、魯史、談瑛。我對這部影片的具體意見，祈參見拙作：《20 世紀 30 年代中國電影市場和商業製作模式制約下的左翼電影——以〈母性之光〉為例》（載《杭州師範大學學報》2008 年第 4 期）、《左翼電影的階級性及其倫理模式——〈母性之光〉（1933）再讀解》（載《汕頭大學學報》2019 年第 2 期，中國人民大學書報資料中心《複印報刊資料》2019 年第 8 期《影視藝術》全文轉載）。前一篇文章的完全版和未刪節版（配圖），先後收入《黑白膠片的文化時態——1922～1936 年中國早期電影現存文本讀解》和《黑馬甲：民國時代的左翼電影——1932～1937 年現存中國電影文本讀解》，敬請參閱。

〔註 21〕《小玩意》（故事片，黑白，無聲），聯華影業公司 1933 年出品；VCD（雙碟），時長 103 分鐘；編劇、導演：孫瑜；攝影：周克；主演：阮玲玉、黎莉莉、袁叢美、湯天繡、劉繼群。我對這部影片的具體意見，祈參見拙作：《民族主義立場的激進表達和藝術的超常發揮——對聯華影業公司 1933 年出品的〈小玩意〉的當下讀解》（載《汕頭大學學報》2008 年第 5 期）、《舊市民電影形態與左翼電影的新主題——再讀〈小玩意〉（1933）》（載《學術界》2018 年第 5 期，中國人民大學書報資料中心《複印報刊資料》2018 年第 8 期《影視藝術》全文轉載）。前一篇文章的完全版和其未刪節（配圖）版，先後收入拙著《黑白膠片的文化時態——1922～1936 年中國早期電影現存文本讀解》和《黑馬甲：民國時代的左翼電影——1932～1937 年現存中國電影文本讀解》，敬請參閱。

〔註 22〕《惡鄰》（故事片，黑白，無聲），月明影片公司 1933 年出品；VCD（單碟），時長 41 分 15 秒；編劇、說明：李法西；導演：任彭年；攝影：任彭壽；主演：鄔麗珠、張雨亭、王如玉、王東俠、馬鳳樓。我對這部影片具體意見，祈參見拙作：《由武俠片強行轉換而來的左翼電影——再讀 1933 年的〈惡鄰〉》（載《玉溪師範學院學報》2018 年 6 期），其完全版和未刪節版（配圖），先後收入《黑白膠片的文化時態——1922～1936 年中國早期電影現存文本讀解》和《黑馬甲：民國時代的左翼電影——1932～1937 年現存中國電影文本讀解》，敬請參閱。

〔註 23〕《體育皇后》（故事片，黑白，無聲），聯華影業公司 1934 年出品；VCD（雙碟），時長 86 分 24 秒；編劇、導演：孫瑜；攝影：裘逸葦；主演：黎莉莉、

《新女性》(1934)〔註 25〕、《神女》(1934)〔註 26〕、《桃李劫》(1934)〔註 27〕、

張翼、白璐、王默秋、高威廉。我對這部影片的具體意見，祈參見拙作：《對市民電影傳統模式的借用和新知識分子審美情趣的體現——從〈體育皇后〉讀解中國左翼電影在 1934 年的變化》(載《浙江傳媒學院學報》2008 年第 5 期)、《左翼電影的思想性及其反世俗性——二讀〈體育皇后〉(1934 年)》(載《信陽師範學院學報》2019 年第 5 期)，前一篇文章的完全版和未刪節版（配圖)，先後收入《黑白膠片的文化時態——1922～1936 年中國早期電影現存文本讀解》和《黑馬甲：民國時代的左翼電影——1932～1937 年現存中國電影文本讀解》。敬請參閱。

〔註 24〕《大路》(故事片，黑白，配音)，聯華影業公司 1934 年出品；VCD(雙碟)，時長 104 分鐘；編劇、導演：孫瑜；攝影：裘逸葦；主演：金焰、陳燕燕、黎莉莉、張翼、鄭君里。我對這部影片的具體意見，祈參見拙作：《左翼電影製作模式的硬化與知識分子視角的變更——從聯華影業公司出品的〈大路〉看 1934 年左翼電影的變化》(載《蘇州科技學院學報》2008 年第 2 期)、《左翼電影的模式及其時代性——二讀〈大路〉(1934)》(載《玉溪師範學院學報》2019 年第 4 期)，前一篇文章的完全版和未刪節版（配圖)，先後收入《黑白膠片的文化時態——1922～1936 年中國早期電影現存文本讀解》和《黑馬甲：民國時代的左翼電影——1932～1937 年現存中國電影文本讀解》，敬請參閱。

〔註 25〕《新女性》(故事片，黑白，配音)，聯華影業公司 1934 年出品；VCD（雙碟)，時長 105 分鐘；編劇、導演：蔡楚生；攝影：周達明；主演：阮玲玉、鄭君里、湯天繡、王乃東、顧夢鶴。我對這部影片的具體意見，祈參見拙作：《變化中的左翼電影：左翼理念與舊市民電影結構性元素的新舊組合——以聯華影業公司 1934 年出品的〈新女性〉為例》(載《中文自學指導》2008 年第 3 期)，其完全版和未刪節版（配圖)，先後收入《黑白膠片的文化時態——1922～1936 年中國早期電影現存文本讀解》和《黑馬甲：民國時代的左翼電影——1932～1937 年現存中國電影文本讀解》，敬請參閱。

〔註 26〕《神女》(故事片，黑白，無聲)，聯華影業公司 1934 年出品；VCD(雙碟)，時長 73 分 28 秒；編劇、導演：孫瑜；攝影：張偉濤；主演：阮玲玉、黎鏗、章志直、李君盤。我對這部影片的具體意見，祈參見拙作：《城市意識與左翼電影視角中的性工作者形象——1934 年無聲影片〈神女〉的當下讀解》(載《上海文化》2008 年第 5 期)，其完全版和未刪節版（配圖)，先後收入《黑白膠片的文化時態——1922～1936 年中國早期電影現存文本讀解》和《黑馬甲：民國時代的左翼電影——1932～1937 年現存中國電影文本讀解》，敬請參閱。

〔註 27〕《桃李劫》(故事片，黑白，有聲)，電通影片公司 1934 年出品；VCD(雙碟)，時長 102 分 46 秒；編劇：袁牧之；導演：應雲衛；攝影：吳蔚雲、李熊湘；主演：袁牧之、陳波兒、唐槐秋、周伯勳、黃志宏。我對這部影片的具體意見，祈參見拙作：《電影〈桃李劫〉散論——批判性、階級性、暴力性與藝術樸素性之共存》(載《寧波大學學報》2008 年第 2 期)，其完全版和未刪節版（配圖)，先後收入《黑白膠片的文化時態——1922～1936 年中國早期電影現存文本讀解》和《黑馬甲：民國時代的左翼電影——1932～1937 年現存中國電影文本讀解》，敬請參閱。

《風雲兒女》（1935）〔註 28〕，以及幾年前才向公眾放映的《奮鬥》（1932）〔註 29〕。1936 年，左翼電影被新興的「國防電影」（運動）取代，但餘緒尚存，這就是《孤城烈女》（1936）〔註 30〕和 1937 年《聯華交響曲》（中的五個短片）〔註 31〕。

左翼電影的特徵非常明顯，一般來說有三個。

〔註 28〕《風雲兒女》（故事片，黑白，有聲），電通影片公司 1935 年出品；VCD（雙碟），時長 89 分 10 秒；【原作：田漢；分場劇本：夏衍】；導演：許幸之；攝影：吳印咸；主演：袁牧之、王人美、談瑛、顧夢鶴、陸露明。我對這部影片的具體意見，祈參見拙作：《左翼電影的藝術特徵、敘事策略的市場化轉軌及其與新市民電影的內在聯繫》（載《湖南大學學報》2008 年第 3 期），其完全版和未刪節版（配圖），先後收入《黑白膠片的文化時態——1922～1936 年中國早期電影現存文本讀解》和《黑馬甲：民國時代的左翼電影——1932～1937 年現存中國電影文本讀解》，敬請參閱。

〔註 29〕《奮鬥》（故事片，黑白，無聲），聯華影業公司 1932 年出品；中國電影資料館（北京）館藏影片，（殘片）時長：約 85 分鐘；編劇、導演：史東山；攝影：周克；主演：陳燕燕、鄭君里、袁叢美、劉繼群。我對這部影片的具體意見，祈參見拙作：《1930 年代初期中國舊市民電影向左翼電影的轉型過渡——以聯華影業公司 1932 年出品的〈奮鬥〉為例》（載《浙江傳媒學院學報》2015 年第 1 期），其未刪節版（配圖）收入《黑馬甲：民國時代的左翼電影——1932～1937 年現存中國電影文本讀解》，敬請參閱。

〔註 30〕《孤城烈女》（原名《泣殘紅》，故事片，黑白，有聲），聯華影業公司 1936 年出品；VCD（雙碟），時長 88 分 26 秒；編劇：朱石麟；導演：王次龍；攝影：陳晨；主演：陳燕燕、鄭君里、尚冠武、韓蘭根、恒勵。我對這部影片的具體意見，祈參見拙作：《〈孤城烈女〉：左翼電影在 1936 年的餘波回轉和傳遞》（載《青海師範大學學報》2008 年第 6 期），其完全版和未刪節版（配圖），先後收入《黑白膠片的文化時態——1922～1936 年中國早期電影現存文本讀解》和《黑馬甲：民國時代的左翼電影——1932～1937 年現存中國電影文本讀解》，敬請參閱。

〔註 31〕《聯華交響曲》（短片集，黑白，有聲），聯華影業公司 1937 年出品；VCD（雙碟），時長 102 分 45 秒；編劇、導演：司徒慧敏、蔡楚生、費穆、譚友六、沉浮、賀孟斧、朱石麟、孫瑜。屬於左翼電影的三個短片是《兩毛錢》（編劇：蔡楚生；導演：司徒慧敏）、《三人行》（編劇、導演：沉浮；主演：韓蘭根、劉繼群、殷秀岑）、《鬼》（編劇、導演：朱石麟；主演：黎莉莉、恒勵）。我對《聯華交響曲》的具體意見，祈參見拙作：《〈聯華交響曲〉：左翼電影餘緒與國防電影的雙重疊加——1937 年全面抗戰爆發之前中國國產電影文本讀解之一》（載《浙江傳媒學院學報》2010 年第 2 期），其完全版和未刪節版（配圖），先後收入《黑夜到來之前的中國電影——1937 年現存國產影片文本讀解》（中國廣播電視出版社 2012 年 1 月第 1 版）和《黑馬甲：民國時代的左翼電影——1932～1937 年現存中國電影文本讀解》，敬請參閱。

第一是階級性：左翼電影中的所有人物都是以階級性來劃分的。簡而言之，有錢人是壞人，窮人是好人：有錢人政治上反動，經濟上貪婪，道德上敗壞，容貌猥瑣；窮人思想覺悟先進、反抗強權壓迫、投身民族解放運動、呼籲抗日救亡，經濟上被剝削，佔有道德高位，相貌英俊。第二是暴力性：不同於舊市民電影的噱頭打鬥，左翼電影的暴力是群體性的、反抗性的階級鬥爭，其死亡一定是階級對立和衝突的結果。第三是宣傳性：左翼電影以新思想、新觀念和新人物取勝，將舊市民電影的「三角戀愛」直接搬過來加入革命性元素，因此又具有顛覆主流價值觀念或反主流思想意識的思想暴力。

圖片說明：《黑棉襖：民國文化中的舊市民電影——1922～1931 年現存中國電影文本讀解》，「民國文化與文學研究」文叢第三編，第十一冊（序 4+目 2+176 面，ISBN 978-986-322-783-0）、第十二冊（目 2+170 面，ISBN 978-986-322-784-7），臺灣花木蘭文化出版社 2014 年 9 月版封面照。共 350 頁，173984 字，插圖：419 幅。（圖片攝影：姜菲）

1933年，中國有聲電影史上第一部高票房電影《姊妹花》〔註32〕的出現，意味著新電影中的新市民電影正式登場亮相，並且與左翼電影一道，共同成為國產影片的主流。新市民電影和左翼電影的主要區別，就在於左翼電影灌注、強化、凸顯其在社會意識形態和思想文化領域的批判性、反抗性和革命性，新市民電影則是有選擇地將左翼思想元素轉化為影片賣點，側重都市文化消費。如果說，以噱頭、打鬥和鬧劇為核心元素，以社會教化為主題、以婚姻家庭和武俠神怪為主要題材的舊市民電影，可以用主題通俗、題材庸俗、形式低俗的「三俗」概括，那麼，左翼電影就是「三性」（階級性、暴力性、宣傳性），而新市民電影則是具有在思想、技術和時尚品味等方面的「三投機」品質。

現存的、公眾可以看到的新市民電影文本，除了《姊妹花》，還有《脂粉市場》（1933）〔註33〕、《女兒經》（1934）〔註34〕、《漁光曲》（1934）〔註35〕、

〔註32〕《姊妹花》（故事片，黑白，有聲），明星影片公司1933年出品；VCD（雙碟），時長：81分9秒。編劇、導演：鄭正秋；攝影：董克毅。主演：胡蝶、宣景琳、鄭小秋、譚志遠。我對這部影片的具體意見，祈參見拙作：《雅、俗文化互滲背景下的〈姊妹花〉》（載《當代電影》2008年第5期），其完全版和未刪節版（配圖），先後收入《黑白膠片的文化時態——1922～1936年中國早期電影現存文本讀解》和《黑皮鞋：抗戰爆發前的新市民電影——1933～1937年現存中國電影文本讀解》（「民國文化與文學研究」文叢六編，第八、九冊，臺灣花木蘭文化出版社2016年9月版），敬請參閱。

〔註33〕《脂粉市場》（故事片，黑白，有聲），明星影片公司1933年出品；VCD（雙碟），時長：82分48秒；編劇：丁謙平【夏衍】；導演：張石川；攝影：董克毅；主演：胡蝶、龔稼農、嚴月閒、王獻齋、孫敏。我對這部影片的具體意見，祈參見拙作：《〈脂粉市場〉（1933年）：謝絕深度，保持平面——1930年代中國新市民電影讀解之一》（載《長江師範學院學報》2008年第5期），其完全版和未刪節版（配圖），先後收入《黑白膠片的文化時態——1922～1936年中國早期電影現存文本讀解》和《黑皮鞋：抗戰爆發前的新市民電影——1933～1937年現存中國電影文本讀解》，敬請參閱。

〔註34〕《女兒經》（故事片，黑白，有聲），明星影片公司1934年出品；VCD（三碟）時長：157分54秒；編劇：編劇委員會；導演：李萍倩、程步高、姚蘇鳳、吳村、陳鏗然、沈西苓、徐欣夫、鄭正秋、張石川；攝影：董克毅、王士珍、嚴秉衡、周詩穆、陳晨；主演：胡蝶、宣景琳、夏佩珍、嚴月閒、顧蘭君、高倩蘋、梅熹、袁紹梅、徐 來、徐琴芳、袁曼麗、鄭小秋、高占非、王獻齋、龔稼農、尤光照。我對這部影片的具體意見，祈參見拙作：《1933～1935年：從左翼電影到新市民電影——用5部影片單線論證中國國產電影之演變軌跡（上）》（載《浙江傳媒學報》2009年第5期），其完全版和未刪節版（配圖），先後收入《黑白膠片的文化時態——1922～1936年中國早期電影現存文本讀解》和《黑皮鞋：抗戰爆發前的新市民電影——1933～1937年現存中國電影文本讀解》，敬請參閱。

《都市風光》（1935）〔註 36〕、《船家女》（1935）〔註 37〕、《新舊上海》（1936）〔註 38〕、《壓歲錢》（1937）〔註 39〕、《十字街頭》（1937）〔註 40〕、《馬路天使》

〔註 35〕《漁光曲》（故事片，黑白，配音，殘片），聯華影業公司 1934 年出品；VCD（單碟），時長：56 分 6 秒；編劇、導演：蔡楚生；攝影：周克；主演：王人美、羅朋、湯天繡、韓蘭根、談瑛、尚冠武、裘逸葦。2009 年之前，我一直將《漁光曲》歸屬於左翼電影序列，（見拙作：《1933～1935 年：從左翼電影到新市民電影——用 5 部影片單線論證中國國產電影之演變軌跡（上）》，載《浙江傳媒學報》2009 年第 5 期，收入《黑白膠片的文化時態——1922～1936 年中國早期電影現存文本讀解》一書時，列為第 23 章，題目是：《向新市民電影靠攏：超階級的人性觀照和電影新視聽模式的構建——〈漁光曲〉（1934 年）：變化中的左翼電影之四》），其原因，主要是自覺地受到主流研究觀點的規範，沒有深入考察影片的主題和版本問題。修正了觀點後，在舊版本基礎上改正的版本作為第肆章，收入《黑皮鞋：抗戰爆發前的新市民電影——1933～1937 年現存中國電影文本讀解》），我的最新文章祈參見：《新市民電影：超階級的人性觀照和新電影視聽模式的構建——配音片〈漁光曲〉（1934 年）再讀解》（載《電影評介》2016 年第 18 期）。

〔註 36〕《都市風光》（故事片，黑白，有聲），電通影片公司 1935 年出品；VCD（雙碟），時長：92 分 29 秒；編劇、導演：袁牧之；攝影：吳印咸；主演：張新珠、唐納、白璐、顧夢鶴、周伯勳、吳茵。我對這部影片的具體意見，祈參見拙作：《1933～1935 年：從左翼電影到新市民電影——用 5 部影片單線論證中國國產電影之演變軌跡（下）》（《浙江傳媒學院學報》2009 年第 6 期），其完全版和未刪節版（配圖），先後收入《黑白膠片的文化時態——1922～1936 年中國早期電影現存文本讀解》和《黑皮鞋：抗戰爆發前的新市民電影——1933～1937 年現存中國電影文本讀解》，敬請參閱。

〔註 37〕《船家女》（故事片，黑白，有聲），明星影業公司 1935 年出品；VCD（雙碟），時長：101 分 15 秒；編劇、導演：沈西苓；攝影：嚴秉衡、周詩穆；主演：高占非、徐來、胡笳、嚴工上、唐巢父、朱孤雁、孫敬、王吉亭。我對這部影片的具體意見，祈參見拙作：《新市民電影：左翼電影的高級模仿秀——明星影片公司 1935 年出品的〈船家女〉讀解》（載《江漢大學學報》2009 年第 1 期），其完全版和未刪節版（配圖），先後收入《黑白膠片的文化時態——1922～1936 年中國早期電影現存文本讀解》和《黑皮鞋：抗戰爆發前的新市民電影——1933～1937 年現存中國電影文本讀解》，敬請參閱。

〔註 38〕《新舊上海》（故事片，黑白，有聲），明星影片公司 1936 年出品；VCD（雙碟），時長 101 分 52 秒；編劇：洪深；導演：程步高；攝影：董克毅；主演：王獻齋，舒繡文、薛秋霞、黃耐霜、譚志遠、袁紹梅、顧梅君、英茵。我對這部影片的具體意見，祈參見拙作：《1936 年：有聲片〈新舊上海〉讀解——中國左翼電影轉型、分流後現存唯一的新市民電影》（載《汕頭大學學報》2008 年第 2 期），其完全版和未刪節版（配圖），先後收入《黑白膠片的文化時態——1922～1936 年中國早期電影現存文本讀解》和《黑皮鞋：抗戰爆發前的新市民電影——1933～1937 年現存中國電影文本讀解》，敬請參閱。

（1937）〔註41〕、《夜半歌聲》（1937）〔註42〕、《如此繁華》（1937）〔註43〕、

〔註39〕《壓歲錢》（故事片，黑白，有聲），明星影片公司1937年出品；VCD（雙碟），時長：91分鐘9秒；編劇：洪 深【夏衍】；導演：張石川；攝影：董克毅；主演：胡蓉蓉、龔秋霞、龔稼農、嚴工上、黎明暉、王獻齋、英茵、吳茵。我對這部影片的具體意見，祈參見拙作：《新市民電影〈壓歲錢〉：中國早期電影中的賀歲片》（載《浙江傳媒學院學報》2010年第4期）、《新市民電影的世俗精神及其對意識形態的市場化規避——以1937年的賀歲片〈壓歲錢〉為例》（載《河北師範大學學報》2011年第2期），以上兩文合成後的完全版和未刪節（配圖）版，先後收入《黑夜到來之前的中國電影——1937年現存國產影片文本讀解》和《黑皮鞋：抗戰爆發前的新市民電影——1933～1937年現存中國電影文本讀解》，敬請參閱。

〔註40〕《十字街頭》（故事片，黑白，有聲），明星影片公司1937年出品；VCD（雙碟），片頭預告片時長：1分42秒，正片時長：103分48秒；編導：沈西苓；攝影：周詩穆、王玉如；主演：趙丹、白楊、英茵、呂班、沙蒙。我對這部影片的具體意見，祈參見拙作：《〈十字街頭〉：1930年代國產電影中的「蟻族」生活寫照與喜劇化處理》（載《浙江傳媒學院學報》2010年第6期），其完全版和未刪節版（配圖），先後收入《黑夜到來之前的中國電影——1937年現存國產影片文本讀解》和《黑皮鞋：抗戰爆發前的新市民電影——1933～1937年現存中國電影文本讀解》，敬請參閱。

〔註41〕《馬路天使》（故事片，黑白，有聲），明星影片公司1937年出品；VCD（雙碟），時長：89分58秒；編劇、導演：袁牧之；攝影：吳印咸；主演：趙丹、周璇、魏鶴齡、趙慧深、王吉亭、柳金玉。我對這部影片的具體意見，祈參見拙作：《〈馬路天使〉：新市民電影的經典之作——基於左翼電影和國防電影背景的審視》（載《汕頭大學學報》2011年第1期）、《1937年國產電影音樂配置與傳播效果的世俗影響》（載《中國音樂》2011年第3期），以上兩文合成後的完全版和未刪節（配圖）版，先後收入《黑夜到來之前的中國電影——1937年現存國產影片文本讀解》和《黑皮鞋：抗戰爆發前的新市民電影——1933～1937年現存中國電影文本讀解》，敬請參閱。

〔註42〕《夜半歌聲》（故事片，黑白，有聲），新華影業公司1937年出品；VCD（雙碟），時長：118分8秒；編劇、導演：馬徐維邦；攝影：余省三、薛伯青；主演：金山、胡萍、施超、許曼麗、周文珠、顧夢鶴。我對這部影片的具體意見，祈參見拙作：《〈夜半歌聲〉：驚悚元素與市民審美的再度狂歡——1937年新市民電影在國防電影運動背景下的新發展》（載《浙江傳媒學院學報》2010年第5期），其完全版和未刪節版（配圖），先後收入《黑夜到來之前的中國電影——1937年現存國產影片文本讀解》和《黑皮鞋：抗戰爆發前的新市民電影——1933～1937年現存中國電影文本讀解》，敬請參閱。

〔註43〕《如此繁華》（故事片，黑白，有聲），聯華影業公司1937年出品；VCD（雙碟），時長：103分鐘27秒；編劇、導演：歐陽予倩；攝影：黃紹芬；主演：黎莉莉、尚冠武、尤光照、梅熹、張琬、韓蘭根、劉瓊。我對這部影片的具體意見，祈參見拙作：《〈如此繁華〉的世俗品位與藝術趣味——1937年抗戰全面爆發前的新市民電影》（載《浙江傳媒學院學報》2011年第3期）、《新市民電影〈如此繁華〉的世俗性、時尚性與趣味性——1937年抗戰全面爆發前

《王老五》(1937)〔註44〕，以及這幾年新公布的《迷途的羔羊》(1936)〔註45〕、《藝海風光》(1937)〔註46〕、《二對一》(1933)〔註47〕。

（需要順便提及的是，我對以上羅列的現存的、公眾可以看到的舊市民電影、左翼電影、新市民電影的影片文本個案討論，均先後收入《黑白

的國產電影》(載《當代電影》2011 年第 4 期)，以上兩文合成後的完全版和未刪節（配圖）版，先後收入《黑夜到來之前的中國電影——1937 年現存國產影片文本讀解》和《黑皮鞋：抗戰爆發前的新市民電影——1933～1937 年現存中國電影文本讀解》，敬請參閱。

〔註44〕《王老五》(故事片，黑白，有聲)，聯華影業公司 1937 年出品；視頻，時長 110 分 36 秒；編劇、導演：蔡楚生；攝影：周達明；主演：王次龍、藍蘋、殷秀岑、韓蘭根、洪警鈴、尚冠武、嚴斐、秦海郵。我對這部影片的具體意見，祈參見拙作：《藍蘋主演的〈王老五〉是一部什麼性質的影片——管窺 1937 年全面抗戰爆發前後的國產電影》(載《學術界》2011 年第 8 期)、《〈王老五〉的新技術主義製片路線及其藝術特徵——1937 年全面抗戰爆發前後的新市民電影實證》(載《浙江傳媒學院學報》2011 年第 5 期)，以上兩文合成後的完全版和未刪節（配圖）版，先後收入《黑夜到來之前的中國電影——1937 年現存國產影片文本讀解》和《黑皮鞋：抗戰爆發前的新市民電影——1933～1937 年現存中國電影文本讀解》，敬請參閱。

〔註45〕《迷途的羔羊》(故事片，黑白，配音，刪節版)，聯華影業公司 1936 年出品；視頻，時長 63 分 30 秒；編劇、導演：蔡楚生；攝影：周達明；主演：葛佐治、陳娟娟、黎灼灼、鄭君里、沈百寧、秦海郵、劉瓊。我對這部影片的具體意見，祈參見拙作：《20 世紀 30 年代中國電影製片生態與電影形態解讀——兼析〈迷途的羔羊〉(1936)》(載《電影評介》2017 年第 11 期)，其未刪節版（配圖），收入《黑皮鞋：抗戰爆發前的新市民電影——1933～1937 年現存中國電影文本讀解》，敬請參閱。

〔註46〕《藝海風光》(短故事片合集，黑白，有聲)，華安影業股份有限公司 1937 年出品；視頻，時長 102 分 59 秒；(《電影城》編導：朱石麟；攝影：沈勇石；主演：尚冠武、黎灼灼；《話劇團》編導：賀孟斧；攝影：陳晨；主演：鄭君里、陳燕燕；《歌舞班》編劇：蔡楚生；導演：司徒敏慧；攝影：黃紹芬；主演：黎莉莉、梅熹)。我對這部影片的具體意見，祈參見拙作：《抗戰全面爆發前夕中國電影的生態面貌管窺——以 1937 年的〈藝海風光〉為例》(載《汕頭大學學報》2016 年第 4 期)，其未刪節版（配圖），收入《黑皮鞋：抗戰爆發前的新市民電影——1933～1937 年現存中國電影文本讀解》，敬請參閱。

〔註47〕《二對一》(故事片，黑白，有聲)，明星影片公司 1933 年出品；視頻，時長 79 分 4 秒；編劇：王幹白；導演：張石川、沈西苓；攝影：董克毅；主演：龔稼農、鄭小秋、王徵信、高倩蘋、嚴月閒、艾霞、宣景琳。我對這部影片的具體意見，祈參見拙作：《與左翼電影分道揚鑣的新市民電影——以 1933 年出品的〈二對一〉為主要分析案例》(載《浙江傳媒學院學報》2015 年第 5 期)，其未刪節版（配圖），收入《黑皮鞋：抗戰爆發前的新市民電影——1933～1937 年現存中國電影文本讀解》，敬請參閱。

膠片的文化時態——1922～1936 年中國早期電影現存文本讀解》和《黑夜到來之前的中國電影——1937 年現存國產影片文本讀解》兩書，其未刪節（配圖）版以及新增補的個案讀解，五年後均分別輯入《黑棉襖：民國文化中的舊市民電影——1922～1931 年現存中國電影文本讀解》、《黑馬甲：民國時代的左翼電影——1932～1937 年現存中國電影文本讀解》和《黑皮鞋：抗戰爆發前的新市民電影——1933～1937 年現存中國電影文本讀解》，敬請參閱）。

圖片說明：《黑馬甲：民國時代的左翼電影——1932～1937 年現存中國電影文本讀解》，「民國文化與文學研究」文叢第五編，第二十三冊（序 4+目 2+172 面，ISBN 978-986-404-265-4）、第二十四冊（目 2+176 面，ISBN 978-986-404-266-1），臺灣花木蘭文化出版社 2015 年 9 月版封面照。全書字數：201796，插圖：574 幅。（圖片攝影：姜菲）

丙、國粹電影的生成背景、性質以及與左翼電影、新市民電影的區別

但是在 1934 年，也就是新市民電影粉墨登場一年之後，又有一種新的電影形態加入主流。或者說，分析現存的、公眾可以看到的影片文本，只要稍加注意、對比就會發現，有一種新電影，既不屬於舊電影即舊市民電影，也

不能被新電影的左翼電影或新市民電影容括、包含或歸附。最初（2009 年之前），我把這些電影大致歸類，稱之為「高度疑似政府主旋律影片或曰新民族主義電影」[9]。十年之後（2019 年），我正式將其視為國粹電影。[12]

世上所有的新都是源自舊，因為「陽光之下無新事」，文藝作品也不能例外。左翼電影和新市民電影都脫胎於舊市民電影，國粹電影也一樣。實際上，回顧一下舊市民電影的發展歷程就會發現，1920 年代末期，舊市民電影越往後，新的東西越多。到 1931 年，舊市民電影發展到頂峰時期，也就是即將被新電影的左翼電影淘汰出局的前一年，聯華影業公司拍攝了朱石麟編導的《戀愛與義務》。這個片子的屬性當然是舊市民電影，但它的主基調卻有新的東西。即一方面痛斥婚外情，一方面對倫理道德的強調卻帶有濃重的新時代特徵，即新人物、新思想的光芒。

圖片說明：《黑皮鞋：抗戰爆發前的新市民電影——1933～1937 年現存中國電影文本讀解》，「民國文化與文學研究」文叢，六編，第八冊（序 6+目 2+220 面，ISBN 978-986-404-700-0）、第九冊（目 2+292 面，ISBN 978-986-404-701-7），臺灣花木蘭文化出版社 2016 年 9 月版封面照。全書字數：310553 字，插圖：959 幅。（圖片攝影：姜菲）

隨著時間跨入 1932 年，舊市民電影中的左翼色彩日漸濃鬱。譬如當年的《南國之春》，當兩個苦戀已久的男女主人公生死離別之際，女主人公彌留時對男主人公的臨終遺言竟是：「你……你不要這樣……我希望你不要為我而傷心……現在是國家多難之秋……鼓起你的勇氣……去救國……去殺盡我們的敵人……」。從純粹的男女私情上升至國家乃至民族大義層面，這正是當年興盛的左翼電影最打動人心的思想品質之一。所以我才說，與同年的大片巨製《啼笑因緣》相比較，此時電影的一新一舊，昭然若現。[13]

就現存的、公眾可以看到的文本而言，國粹電影的奠基之作是 1934 年的《歸來》，影片的主題和題材雖然依舊是家庭倫理道德，但卻前所未有地突出和強調家國一體：男主人公對女主人公的選擇以及兩位妻子的去留選擇，其實就是對國族即國家倫理層面的民族高度認同和確認，所以，其道德站位就有了前所未有的新境界和新品質——而這，是舊電影即舊市民電影從來沒有的思想境界和從未使用過的道德標尺。〔註 48〕

國粹電影出現於 1934 年絕非偶然，從小環境上講，是 1930 年代初期電影界的文化生態和電影公司的製片路線所決定的。就在前一年的 1933 年年初，以出產左翼電影佔領了市場先機的聯華影業公司，在擴大生產規模之際（將原先「聯華」的兩個廠擴充為兩個公司）「聯華」首腦羅明祐提出了著名的「四國主義」製片方針，曰：「挽救國片、宣揚國粹、提倡國業、服務國家」[3] P246，明確提出要拍攝「國粹」影片[3] P246~427。這個口號遭到「聯華同人會」的反對，兩廠主創人員甚至召開「聯合大會」抗議，迫使羅明祐在 4 月底正式宣布取消「四國主義」，恢復了公司原先「提倡藝術、宣揚文化、啟發民智、挽救影業」的製片口號[3] P247。

這場風波看似出自「黨的領導」[3] P247，並獲得了「勝利」，但實際上並未阻止羅明祐、黎民偉及其共同執掌的聯華影業公司，在 1934 年繼續出產左翼電影譬如《體育皇后》（1934）、《大路》（1934）、《新女性》（1934）、《神女》（1934），以及新市民電影譬如《漁光曲》（1934）的同時，堅持和實施出產

〔註 48〕《歸來》（故事片，黑白，無聲），聯華影業公司 1934 年出品。原片拷貝（10 本）修復公映版，時長約 93 分鐘；編導：朱石麟；攝影：莊國鈞；布景：吳永剛；主演：高占非、阮玲玉、妮娅娣娜、黎鏗、尚冠武、洪鶯、魏巍。我對這部影片的具體意見，祈參見拙作：《新舊電影中女主人公的道德站位——兼析 1934 年的國粹電影〈歸來〉》（載《學術界》2019 年第 3 期），敬請參閱。

國粹電影的多元化市場應對方針和製片策略。因此，這一年《歸來》出品，不僅意味著國粹電影的正式登堂亮相，也意味著國粹電影正式確立了其新電影形態並進入電影生產主流。

圖片說明：《黑布鞋：1936～1937 年現存國防電影文本讀解》，「民國文化與文學研究」文叢七編，第二十一冊（序 8+目 2+228 面，ISBN 978-986-485-062-4），臺灣花木蘭文化事業有限公司 2017 年 9 月版封面照。全書字數：136730 字，插圖：282 幅。（圖片攝影：姜菲）

生成國粹電影的大環境，是國民政府於 1934 年開始正式推廣的「新生活運動」（簡稱「新運」）。其主要內容是：一、以禮、義、廉、恥為（國民道德的）基本準則；二、從改造國民的衣食住行日常生活做起；三、以整齊、清潔、簡單、樸素、迅速、確實為標準，在一個政府，一個主義，一個領袖之下，絕對統一，絕對團結，絕對服從命令；四、以生活藝術化、生產化、軍事化，特別是軍事化為目標，隨時準備捐軀犧牲，盡忠報國。〔14〕

其實，無論是「新運」還是「國粹」（電影），從文化源流上說，都是二十世紀初期中國社會發展中的文化生態在不同領域的交集甚至應激反應。在國粹電影和「新運」之前的十幾年即 1920 年代，在「短短的幾年內」，「西方文藝復興以來各種各樣的文學思潮及相關的哲學思潮都先後湧入中國。如現實主義、自然主義、浪漫主義、唯美主義、象徵主義、印象主義、心理分析派、意象派、立體派、未來派等等，以及人道主義、進化論、實證主義、尼采超人哲學、叔本華悲劇論、弗洛伊德主義、托爾斯泰主義、基爾特社會主義、無政府主義、國家主義、馬克思主義等等，都有人介紹並有人宣傳、試驗、信仰」。[15] P14~15

這些外來的西方文化思潮，雖然其自身多有區別甚至對立和纏鬥，但在東西方文化大碰撞中，在客觀上，形成的卻是對東方文化——也就是中國本土文明尤其是傳統文化一家一脈——不約而同的優勢擠壓和合力衝撞。如果說，左翼電影和新市民電影都或多或少地受益於上述這些外來思潮（或者多少有點影響因子）的話，那麼，同樣作為新電影的國粹電影，卻是試圖隻身挺立與之衝突、較量、對抗。這也就是為什麼，看似都遵從、崇尚和強調傳統倫理道德，但舊市民電影和國粹電影卻是新、舊不同形態的根本原因所在。

圖片說明：中國大陸市場銷售的《國風》（故事片，黑白，無聲，聯華影業公司 1935 年出品）DVD 碟片包裝之封面（左）、封底照。（圖片攝影：姜菲）

抗戰全面爆發前的國粹電影，在 1935 年趨於高潮。現存的、公眾可以看到的文本雖然為數不多，但已足以形成規模。

1935 年的《國風》（編劇：鍾石根；導演：羅明祐；副導演：費穆），把對城市奢靡之風的否定與固守傳統美德相關聯，將舊市民電影常見的三角戀直接改造成呼應政府新生活運動的教化影像，簡單粗暴；具體地說，「聯華」創辦者和主導者羅明祐、黎民偉，他們在民族主義前提下的文化理念有著與政府首腦在文化主張上高度重合和一致之處，其政治和經濟的關聯不過是這個前提下的必然結果，（這是為什麼十幾年前我將其稱為「高度疑似政府主旋律影片或曰新民族主義電影」的直接原因）〔註 49〕。

同一年的《天倫》（編劇：羅明祐；聯合導演：羅明祐、朱石麟），故事開始的時間點，被特意設置在清末民初，祖父在慈父床前臨聽教誨，爾後終其一生把孫輩培養成繼承事業的新人，最終感化了不孝兒女。影片重點不在孝道，重在整體上批評城市對鄉村的文化擠壓、對傳統人倫的道德侵蝕〔註 50〕。

1936 年的《慈母曲》（導演：羅明祐；導編：朱石麟）再接再厲，看上去講的是兒女成群卻大部分不肯贍養孤苦老母，最終在唯一孝子的教訓下回歸傳統孝道的故事，但其重心還是放在新舊時代衝突中不能忘記人倫本來的教化上，用心良苦〔註 51〕。1937 年的《人海遺珠》（編劇、導演：朱石麟），講

〔註 49〕《國風》（故事片，黑白，無聲），聯華影業公司 1935 年出品；DVD（單碟），時長 94 分鐘；編劇：羅明祐；聯合導演：羅明祐、朱石麟；攝影：洪偉烈；主演：林楚楚、阮玲玉、黎莉莉、鄭君里、羅朋。我對這部影片的具體意見，祈參見拙作：《主流政治話語對 1930 年代電影製作的介入及其藝術轉達——〈國風〉：中國電影歷史中的「反動」標本讀解》（載《浙江傳媒學院學報》2009 年第 2 期），其完全版作為第 27 章，收入《黑白膠片的文化時態——1922～1936 年中國早期電影現存文本讀解》，敬請參閱。

〔註 50〕《天倫》（故事片，黑白，配音，刪節版），聯華影業公司 1935 出品；VCD（單碟），時長 45 分 18 秒；編劇：鍾石根；導演：羅明祐；副導演：費穆；攝影：黃紹芬；主演：林楚楚、尚冠武、黎灼灼、張翼、鄭君里、陳燕燕、梅琳。我對這部影片的具體意見，祈參見拙作《1933～1935 年：從左翼電影到新市民電影——用 5 部影片單線論證中國國產電影之演變軌跡（下）》（載《浙江傳媒學院學報》2009 年第 6 期），其完全版作為第 28 章，收入《黑白膠片的文化時態——1922～1936 年中國早期電影現存文本讀解》，題目是：《政治話語情結與傳統倫理文化讀解的雙重錯位——〈天倫〉（1935 年）：中國電影歷史中「消極落後」的樣本讀解》，敬請參閱。

〔註 51〕《慈母曲》（故事片，黑白，有聲），聯華影業公司 1937 年出品；VCD（雙碟），時長 111 分鐘 53 秒；編劇：朱石麟；導演：朱石麟、羅明祐；攝影：黃紹芬、張克瀾、石世磐；主演：林楚楚、劉繼群、洪警鈴、黎灼灼、鄭君里、白璐、羅朋、龔智華、梅琳、章志直、黎莉莉、蔣君超、張翼、陳燕燕。我對這部影片的意見尚未公開發表，敬請關注。

的是母女兩代的愛情遭遇，把一個老套故事翻出新意：影片以道德擔當為切入點，體現的既是家國一體的核心價值觀念，也是在新時代對傳統倫理道德的重新定位。〔註 52〕。《前臺與後臺》（編劇：費穆；導演：周翼華）故事很短但道理很深，實際上是導演對民族精神一往情深的理想化梳理，對文化傳統情有獨鍾的影像再現。〔註 53〕。《好女兒》（原名《新舊時代》，編劇、導演：朱石麟）是《慈母曲》的女性視角版，那個唯一有出息的不是因為孝順，而是因為她跟上了新時代的步伐〔註 54〕。

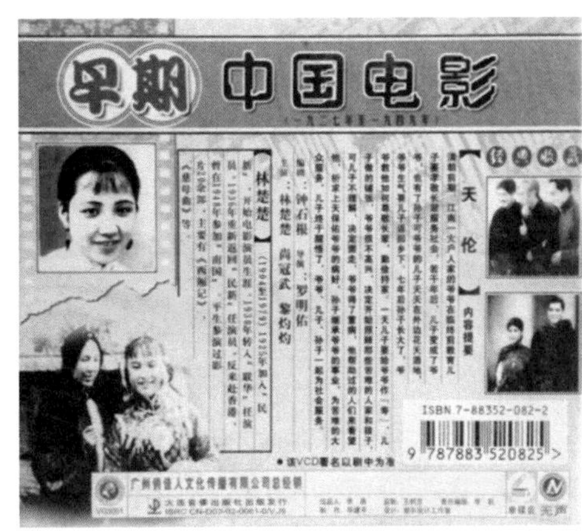

圖片說明：中國大陸市場銷售的《天倫》（故事片，黑白，無聲，聯華影業公司 1935 年出品）VCD 碟片包裝之封面（左）、封底照。（圖片攝影：姜菲）

〔註 52〕《人海遺珠》（故事片，黑白，有聲），聯華影業公司 1937 年出品；視頻（電影網：www.m1905.com），時長 126 分 28 秒；編劇、導演：朱石麟；攝影：周達明；主演：李清、黎莉莉、黎灼灼、劉瓊、殷秀岑、洪警鈴、恒勵、張琬。我對這部影片的意見尚未公開發表，敬請關注。

〔註 53〕《前臺與後臺》（短故事片，黑白，有聲），聯華影業公司 1937 年出品；VCD（單碟），時長 37 分 38 秒；編劇：費穆；導演：周翼華；攝影：黃紹芬；主演：傅繼秋、寧萱、張琬、裘沖、劉瓊、恒勵、沈百寧、范萊、田學文、嚴皇、苗祝三。我對這部影片的具體意見，祈參見拙作《〈前臺與後臺〉：1937 年的新市民電影——抗戰全面爆發前國產電影對民族精神與文化傳統的開掘與展示》（載《浙江傳媒學院學報》2011 年第 1 期），其完全版收入《黑夜到來之前的中國電影——1937 年現存國產影片文本讀解》，敬請參閱。

〔註 54〕《好女兒》（原名《新舊時代》，故事片，黑白，有聲），華安股份有限公司 1937 年出品；視頻，時長 89 分 49 秒；編劇、導演：朱石麟；攝影：陳晨；主演：陳燕燕、黎灼灼、李清、白璐、何劍飛、龔智華、蔣君超、尚冠武、尤光照。我對這部影片的意見尚未公開發表，敬請關注。

國粹電影與其他兩類新電影形態的關係，概括地說，就是既反對左翼電影激進的革命立場、反對其宣揚和主張社會革命和階級鬥爭，同時又反對新市民電影的現代都市娛樂消費，與此同時，又不是、不等於它脫胎而來的舊市民電影的對傳統觀念的不斷闡釋。也就是說，國粹電影從出現之日起就是有所針對、有所批判：既反對左（激進），也反對右（保守），既反對先鋒的（新），也反對落後的（舊）。這個「左」和「右」僅僅指其位置，因為國粹電影的後面還有個被時代拋離主流的舊市民電影。在這一點上，它和左翼電影、新市民電影一樣，切合了中國本土文藝在時代發展中的脈搏跳動。

就文化價值理念而言，傳統文化和以舊文學為代表的通俗文學在 1910 年代與以新文學為代表的新文化對立〔15〕P90~91，因此，舊文化、舊文學更多地以傳統文化的面貌得以生存和體現。在國粹電影出現的 1930 年代，新、舊文學也就是雅、俗之別，已然呈現互動互滲的態勢〔15〕P337~338，共同前行。而以黎民偉、羅明祐為代表的「聯華」公司，以朱石麟、費穆為代表的編導，其對國粹電影傾心和重視、揄揚和努力，又可以看作是 1930 年代中國知識分子站在民族主義和自由批判立場上，就如何對待本民族傳統文化所發出的第三種聲音：既反對左翼電影對傳統文化的全盤否定，又反對新市民電影對傳統文化的娛樂性消解，同時，也反對舊市民電影對傳統文化的固化表彰。

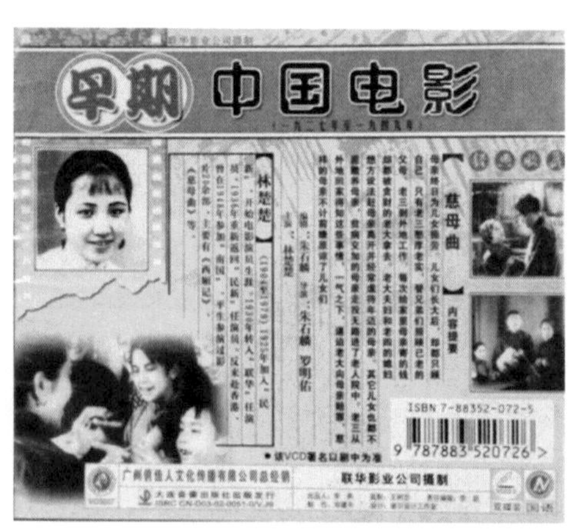

圖片說明：中國大陸市場銷售的《慈母曲》（故事片，黑白，有聲，聯華影業公司 1936 年出品）VCD 碟片包裝之封面（左）、封底照。（圖片攝影：姜菲）

丁、結語

1936 年，國防電影（運動）全面取代左翼電影，在成為左翼電影的升級換代版本的同時，順利完成其歷史性轉型。對此，只要比較性地研讀現存的、公眾可以看到的國防電影，譬如《浪淘沙》（1936）〔註 55〕、《狼山喋血記》（1936）〔註 56〕、《壯志凌雲》（1936）〔註 57〕、《聯華交響曲》（其中的五個短片，1937）〔註 58〕、《青年進行曲》（1937）〔註 59〕、《春到人間》（1937）

〔註 55〕《浪淘沙》（故事片，黑白，有聲），聯華影業公司 1936 年出品；VCD（單碟），時長 68 分 32 秒；編劇、導演：吳永剛；攝影：洪偉烈；主演：金焰、章志直。我對這部影片的具體意見，祈參見拙作：《新浪潮——1930 年代中國電影的歷史性閃存——〈浪淘沙〉：電影現代性的高端版本和反主旋律的批判立場》（載《南京藝術學院學報－音樂與表演》2009 年第 1 期），其完全版和未刪節版（配圖），先後收入《黑白膠片的文化時態——1922～1936 年中國早期電影現存文本讀解》和《黑布鞋：1936～1937 年現存國防電影文本讀解》（「民國文化與文學研究」文叢七編第二十一冊，臺灣花木蘭文化事業有限公司 2017 年 9 月版），敬請參閱。

〔註 56〕《狼山喋血記》（故事片，黑白，有聲），聯華影業公司 1936 年出品；VCD（雙碟），時長 69 分 47 秒；原著：沉浮、費穆；編劇、導演：費穆；攝影：周達明；主演：黎莉莉、張翼、劉瓊、藍蘋、韓蘭根、尚冠武、洪警鈴。我對這部影片的具體意見，祈參見拙作：《國防電影與左翼電影的內在承接關係——以 1936 年聯華影業公司出品的〈狼山喋血記〉為例》（載《佛山科學技術學院學報》2008 年第 2 期），其完全版和未刪節版（配圖），先後收入《黑白膠片的文化時態——1922～1936 年中國早期電影現存文本讀解》和《黑布鞋：1936～1937 年現存國防電影文本讀解》，敬請參閱。

〔註 57〕《壯志凌雲》（故事片，黑白，有聲），新華影業公司 1936 年出品；VCD（雙碟），時長 93 分 41 秒；編劇、導演：吳永剛；攝影：余省三、薛伯青；主演：金焰、王人美、宗由、田方、韓蘭根、章志直、王次龍、施超。我對這部影片的具體意見，祈參見拙作：《電影市場對左翼電影類型轉換和品質提升的作用——以〈壯志凌雲〉為例》（載《南京師範大學文學院學報》2009 年第 2 期），其完全版和未刪節版（配圖），先後收入《黑白膠片的文化時態——1922～1936 年中國早期電影現存文本讀解》和《黑布鞋：1936～1937 年現存國防電影文本讀解》，敬請參閱。

〔註 58〕《聯華交響曲》（短片集，黑白，有聲），聯華影業公司 1937 年出品；VCD（雙碟），時長 102 分 45 秒；編劇、導演：司徒慧敏、蔡楚生、費穆、譚友六、沉浮、賀孟斧、朱石麟、孫瑜。屬於國防電影的五個短片是《春閨斷夢》（編劇、導演：費穆）；主演：陳燕燕、黎灼灼、洪警鈴）、《陌生人》（編劇、導演：譚友六；主演：鄭君里、白璐、劉瓊、溫容）、《月夜小景》（編劇、導演：賀孟斧；主演：李清、宗由、羅朋、嚴斐）、《瘋人狂想曲》（導演：孫瑜；主演：尚冠武、梅琳、葛佐治）、《小五義》（編劇、導演：蔡楚生；主演：李清、殷秀岑、王次龍、苗振宇、曹維東、葛佐治、唐根寶、周囡囡）。我對這部影片的具體意見，祈參見拙作：《〈聯華交響曲〉：左翼電影餘緒與國防電影的雙

〔註 60〕，就會發現，左翼電影與國防電影之間顯著的、深刻的內在和外在的邏輯與形式關聯。

國防電影將左翼電影強調、凸顯的階級矛盾和階級鬥爭，提升、轉化為民族矛盾和生死存亡的民族對決並站在國家與民族存亡與否的高度，將抗日戰爭的正義性置於世界反法西斯戰爭的陣營當中。其次，將左翼電影中貧富對立的階級鬥爭模式，轉換上升為侵略與反侵略的民族解放戰爭模式；再次，繼承了左翼電影抗敵救國、民族救亡的宣傳理念，延續了左翼電影中的民族覺醒意識、社會批判精神與暴力抗爭訴求，啟蒙了廣大民眾尤其是底層民眾的民族、國家觀念，確立了現代化的國家觀照視角。〔16〕

在 1937 年至 1945 年全面抗戰期間的國統區，國產電影只有一種形態，即由戰前國防電影延伸轉換而來的抗戰電影。八年間，中國電影製片廠（武漢、重慶）、中央電影攝影場（重慶）和西北影業公司（成都）等 3 家官方製片廠，共完成 19 部故事片的生產〔17〕P419~423。1937～1941 年（年底太平洋戰爭爆發前）的香港，有 230 家電影公司，共出品 466 部影片〔18〕P236，其中 61 部是國防電影／抗戰電影〔18〕P238。

重疊加——1937 年全面抗戰爆發之前中國國產電影文本讀解之一》（載《浙江傳媒學院學報》2010 年第 2 期），其完全版和未刪節（配圖）版，先後收入《黑夜到來之前的中國電影——1937 年現存國產影片文本讀解》和《黑布鞋：1936～1937 年現存國防電影文本讀解》，敬請參閱。

〔註 59〕《青年進行曲》（故事片，黑白，有聲），新華影業公司 1937 年出品；VCD（雙碟），時長 105 分 45 秒；編劇：田漢；導演：史東山；攝影：薛伯青；主演：施超、胡萍、許曼麗、顧而已、童月娟。我對這部影片的具體意見，祈參見拙作：《左翼電影、國防電影與新中國電影的血緣淵源——以 1937 年新華影業公司出品的〈青年進行曲〉為例》（載《杭州師範大學學報》2011 年第 4 期）、《新電影的誕生是時代精神和市場需求的產物——以 1937 年新華影業公司出品的〈青年進行曲〉為例》（載《北京電影學院學報》2011 年第 3 期），以上兩文合成後的完全版和未刪節（配圖）版，先後收入《黑夜到來之前的中國電影——1937 年現存國產影片文本讀解》和《黑布鞋：1936～1937 年現存國防電影文本讀解》，敬請參閱。

〔註 60〕《春到人間》（故事片，黑白，有聲），（「聯華」）華安影業股份有限公司 1937 年出品；DVD（單碟），時長 90 分 27 秒；編劇、導演：孫瑜；攝影：黃紹芬；主演：陳燕燕、梅熹、尚冠武、劉繼群、韓蘭根、洪警鈴。我對這部影片的具體意見，祈參見拙作：《〈春到人間〉：從左翼電影向國防電影的強行轉化——辨析孫瑜在 1937 年為中國電影所做的歷史貢獻》（載《當代電影》2012 年第 2 期），其完全版和未刪節（配圖）版，先後收入《黑夜到來之前的中國電影——1937 年現存國產影片文本讀解》和《黑布鞋：1936～1937 年現存國防電影文本讀解》，敬請參閱。

圖片說明：中國大陸市場銷售的《前臺與後臺》（故事片，黑白，無聲，聯華影業公司1937年出品）VCD碟片包裝之封面（左）、封底照。（圖片攝影：姜菲）

現存的、公眾可以看到的抗戰電影文本只有6個：《游擊進行曲》（1938）〔註61〕、《萬眾一心》（1939）〔註62〕、《孤島天堂》（1939）〔註63〕、《東亞之光》（1940）〔註64〕、《塞上風雲》（1940）〔註65〕、《日本間諜》（1943）〔註66〕，其中，內地、香港出品的各占一半。

與此同時，上海「孤島」時期（1937～1941），22家公司共出品影片257部〔17〕P429~461。1941年12月太平洋戰爭爆發後的，「淪陷區」偽「中華聯合製片股份有限公司」（「中聯」）出品大約50部（1942.5～1943.4.30）〔17〕P117；偽「中華電影聯合股份有限公司」（「華影」），出品80部（1943.5～1945）〔17〕P118。偽「滿洲映畫協會」（「滿映」）出品故事片108部（1937～1945）〔19〕，（一說120多部〔17〕P114）。以上數字相加是526部，迄今現存的、公眾可以看到的，大約有30部左右。〔註67〕

〔註61〕《游擊進行曲》的相關信息和我的具體討論意見，請參閱本書第壹章。
〔註62〕《萬眾一心》的相關信息和我的具體討論意見，請參閱本書第貳章。
〔註63〕《孤島天堂》的相關信息和我的具體討論意見，請參閱本書第三章。
〔註64〕《東亞之光》的相關信息和我的具體討論意見，請參閱本書第肆章。
〔註65〕《塞上風雲》的相關信息和我的具體討論意見，請參閱本書第伍章。
〔註66〕《日本間諜》的相關信息和我的具體討論意見，請參閱本書第陸章。
〔註67〕現存的、公眾可以看到的上海「孤島」時期和淪陷區的故事片，約30部左右。計有：1938年的《雷雨》、《胭脂淚》，1939年的《武則天》、《少奶奶的扇子》、《王先生吃飯難》、《金銀世界》、《白蛇傳》、《木蘭從軍》、《明末遺恨》，1940年的《孔夫子》、《西廂記》；1941年的《家》、《鐵扇公主》（動畫）、《薄命佳人》、《世界兒女》；1942年的《迎春花》、《春》、《秋》、《長恨天》、《博愛》；1943年的《秋海棠》、《萬世流芳》、《萬紫千紅》、《新生》、《漁家女》；1944

圖片說明：《歸來》（故事片，黑白，無聲，聯華影業公司第三廠 1934 年出品）廣告（載上海《申報》1934 年 2 月 20 日，第 29 版，第 21853 期）。（圖片採集：劉麗莎）

顯然，無論「孤島」還是其他淪陷區，都不可能有抗日主題／題材的國防電影／抗戰電影存在。但是，檢索這五百多部影片片目，尤其是讀解現存的、公眾可以看到的影片文本就會發現，不僅 1930 年代初期被新電影逐出主流、沈寂已久的舊市民電影得以復興，重新登場，而且，戰前的新市民電影、國粹電影赫然在目，而且佔了大多數。從 1930 年代初期到抗戰結束，歷史就在那裡，電影始終是中國文化的一個部分。而「就文化而言，每個民族都有自己的核心理念和基本問題。他們在歷史過程中發展演變，這就成為所謂『傳統』」。[20]

年的《春江遺恨》、《紅樓夢》、《結婚進行曲》；1945 年的《混江龍李俊》、《摩登女性》。我對這些影片（譬如《胭脂淚》、《武則天》、《迎春花》、《摩登女性》）的讀解意見尚未公開發表，敬請關注。

沒有人能夠否認，1930 年代電影是百年來中國電影的高峰，原因就在於這是一個多元共存的時代，各種勢力、集團和階層都在從不同的角度和層面用影像表達和呈現自己的文化理念和文藝主張。正因為新電影剛剛從舊電影脫胎而來不過五六年，因此 1937 年全面抗戰爆發後，新舊電影不僅得以平穩進入不同的地緣政治領域各逞其能，而且持續生存壯大發展了八年之久。這些影片，尤其是國粹電影，在國難當頭、異族入侵並暫時統治的時期，為中華文化保留了最純正的血脈基因。八年抗戰時期的中國電影，不是中國文化和傳統的體現，又是什麼？

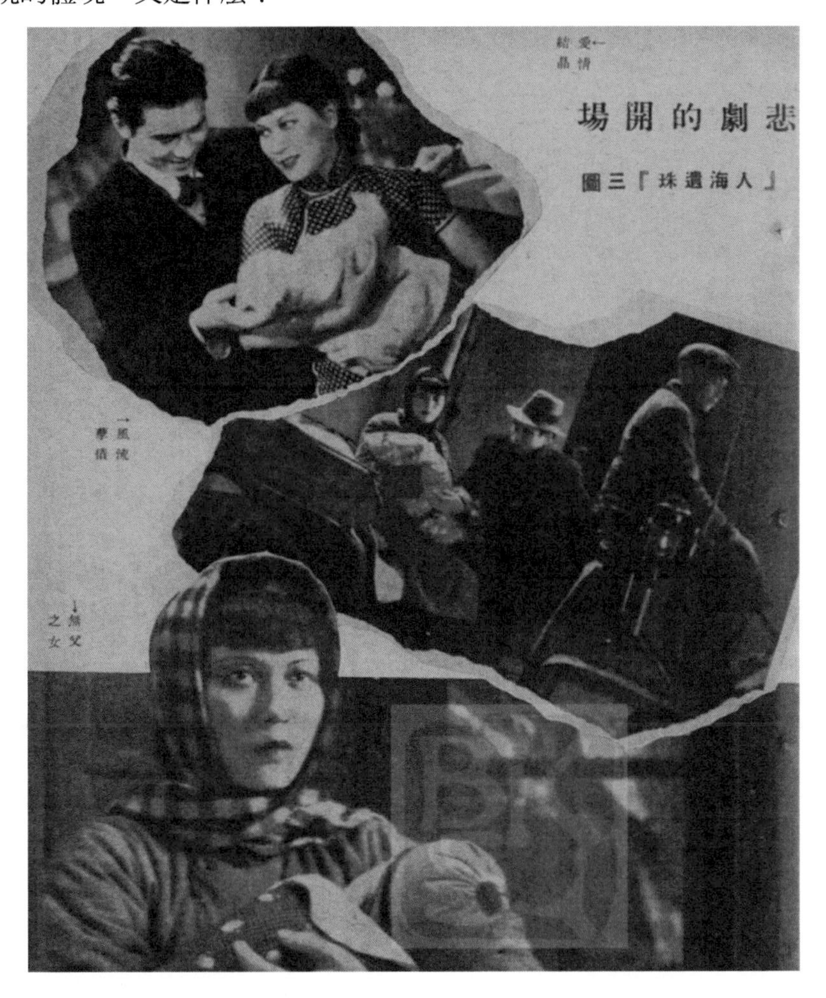

圖片說明：《人海遺珠》（故事片，黑白，有聲，聯華影業公司 1937 年出品）刊登在上海《聯華畫報》（1937 年第 9 卷第 2 期第 15 頁）上的圖片。（圖片採集：劉麗莎）

戊、不多餘的話

子、「整理國故」與國粹電影

1910 年代中期和後期，全面否定傳統文化的新文化運動興起後，新、舊兩派在文學界多有對立和論爭。但新派在 1917 年提出「文學改良」（胡適）乃至「文學革命」理論（陳獨秀）後的一年，就意識到舊文化並非一無是處，所以很快就有「整理國故」的主張（胡適）。1922 年和 1925 年，以「學衡派」和「甲寅派」為代表的舊派，先後對新文化提出反對意見〔15〕P10。在與新文化、新文學的對立、論爭和爭取讀者市場的過程中，以舊文化為主要取用資源的舊文學，包括「鴛蝴派」等言情小說和武俠小說在內的通俗文學，實際上也在發展，不無新氣質和新的面貌。

或者說，新文學即中國現代文學生發的初期，「新文學迫使舊派向『俗』定位」〔15〕P93，實際上也給了舊文學／俗文學一個歷史性的蛻變機會。所以，十幾年後的 1930 年代，就形成「雅俗互動的文學態勢」〔15〕P337——也就是雙贏的局面和結果。舊電影即舊市民電影，與作為新電影的國粹電影的關係，也是如此。

丑、國粹電影與舊電影和新電影的異同

所有的新電影皆從舊電影脫胎轉化而來，舊電影即舊市民電影，是左翼電影、新市民電影的生發基礎，國粹電影也不例外。

作為新電影，國粹電影與舊市民電影最大的相同之處，就是其主題、題材始終圍繞家庭婚姻及其倫理道德；最大的不同，是它在新時代討論舊問題，試圖找到新視角。新出路，最終建立和強健家國一體的新理念和新體系——這一點與當時執政黨的文化理念重合，所以在 1949 年後被從意識形態上清算——而舊市民電影是在舊傳統視角中看待新問題和新時代，雖不無漸進但終歸是老人老眼光。

國粹電影與左翼電影、新市民電影相同之處，是對新時代都極表歡迎並積極介入現實問題，不同之處在於自己的實踐、立場及其相關理念和觀點，尤其是對待歷史發展和社會變革的處理方法上大異其趣。因此，新與舊的分道揚鑣、新與新的各自前行，就是必然的結果。從這個角度上說，當然是舊市民電影成就了包括國粹電影在內的所有新電影。

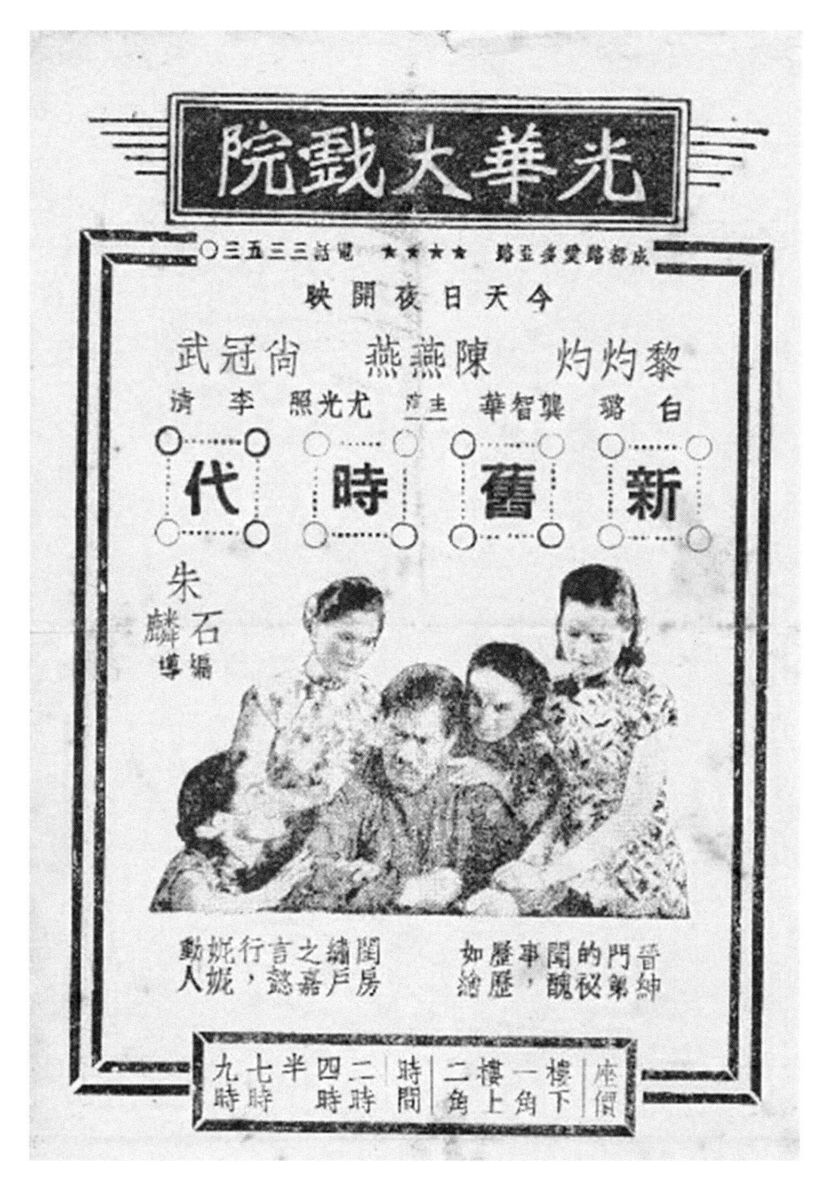

圖片說明：《好女兒》(原名《新舊時代》，故事片，黑白，有聲，聯華影業公司 1937 年出品）的廣告（圖片出處：http://book.kongfz.com/26491/568791491/〔登陸：2017-11-2〕)。

寅、新左翼電影和新國粹電影

左翼電影的反世俗從一開始就佔據覆顛主流的高度，譬如 1932 年的《野玫瑰》、1934 年的《桃李劫》和 1935 年的《風雲兒女》，其內在的先鋒性保證了它在 1936 年被國防電影迅速整合，進而 1949 年後，又轉進「紅色經典」

電影和「主旋律」電影（1949～1979）。（因此，主旋律電影的前身是「紅色經典」電影，新潮頭是當下（2019 年）官方倡導的「新主流」（電影）。

如果保留 1930 年代左翼電影和國粹電影的歷史生成語境，那麼，從 1949 年到 1979 年，隨著 1950 年和 1951 年，先後對《武訓傳》《關連長》《我們夫婦之間》的全國性批判否定，中國大陸除了影像版宣傳品（即宣教產品，因此並無商品性），也就沒有太多的電影本體性可談，電影的多元化形態更無從說起。因此，幾乎所有的影像製品只具備電影史的特殊文化標本意義和甄別空間。

圖片說明：《輪迴》（編劇：王朔；導演：黃建新；西安電影製片廠 1988 年出品）DVD 包裝之封面（左）、封底照。（圖片攝影：姜菲）

為了和歷史上的左翼電影相區別，我把中國大陸 1979 年以後出現的、以掙脫和顛覆主流價值觀念，同時時代性地繼承和揚棄以往左翼電影「三性」（階級性、暴力性、宣傳性）的電影稱之為新左翼電影。

新左翼電影之於左翼電影的新，或者說，新左翼電影與 1979 年後中國大陸其他電影不同的形態特徵大致是：真實反映底層社會的原始生存狀態，對原生態的殘酷現實予以人文觀照，從個體角度回望邊緣人物和弱勢群體的歷史命運並給予溫情撫慰——所有這些，都是 1949 年以後在國家行為的宏大敘事中被屏蔽和忽略的社會現實與歷史場景；新左翼電影現實主義的題材選擇、創作態度、社會批判立場，以及在藝術表現方式上的樸素性追求，實際上都源自對 1930 年代左翼電影精神的繼承。

1980 年，是新左翼電影出現的時間，其標誌是《苦戀》（編劇：白樺、彭寧；導演：彭寧；長春電影製片廠攝製）和《楓》（編劇：鄭義；導演：張一；峨眉電影製片廠攝製）。1988 年，根據王朔的小說改編而來的《大喘氣》（編劇：葉大鷹、王朔，張前；導演：葉大鷹，深圳影業公司出品）、《輪迴》（編劇：王朔；導演：黃建新；西安電影製片廠出品）、《一半是火焰，一半是海水》（編劇：王朔、葉大鷹；導演：夏鋼；北京電影製片廠出品），以及《頑主》（編劇：米家山，王朔；導演：米家山；峨眉電影製片廠出品），是新左翼電影的群發性現象。這一年的新左翼電影還有《瘋狂的代價》（編劇：蘆葦、周曉文；導演：周曉文；西安電影製片廠出品）。

圖片說明：《頑主》（編劇：米家山、王朔；導演：米家山；峨眉電影製片廠 1988 年出品）VCD 包裝之封面（左）、封底照。（圖片攝影：姜菲）

新左翼電影的編導年紀有老有小，但影響最大、最明顯的代表群體和作品主要是第六代導演。譬如，1990 年代的新左翼電影，有張藝謀的《活著》（1994）、姜文的《陽光燦爛的日子》（1994）、章明的《巫山雲雨》（1996）、賈樟柯的《小武》（1997）等。2000 年以後，是《鬼子來了》（姜文，2000）、《站臺》（賈樟柯，2000）、《任逍遙》（賈樟柯，2002）、《安陽嬰兒》（王超，2001）〔註 68〕、《十七歲的單車》（王小帥，2001）、《盲井》（李楊，2003）

〔註 68〕《安陽嬰兒》（故事片，彩色），2001 年 5 月出品；DVD，時長 81 分鐘；根

〔註 69〕、**《日日夜夜》**（王超，2004）〔註 70〕、**《孔雀》**（顧長衛，2005）〔註 71〕、**《青紅》**（王小帥，2005）、**《看上去很美》**（張元，2006）、**《江城夏日》**（王超，2006）〔註 72〕、**《太陽照常升起》**（姜文，2007）〔註 73〕、**《盲山》**（李楊，2007）、

據導演 2000 年發表在中國大陸的同名小說改編；本片未能在中國大陸公映；編劇、導演：王超；攝影：張曦；錄音：王彧；美術：李剛；剪輯：王超、王綱；副導演：鞏固；主演：祝捷、孫桂林、岳森誼。我對這部影片的具體意見，祈參見拙作：《第六代導演作品的主體性視角流變與顛覆性的主題和藝術表達——以王超編導的〈安陽嬰兒〉為例》（載《浙江傳媒學院學報》2014 年第 1 期），其完全版收入《新世紀中國電影讀片報告》（中國傳媒大學出版社 2014 年 1 月版），未刪節版收入《黑旗袍：中國電影的文化邏輯與市場機制——2000 年以來的文本實證》（臺灣花木蘭文化事業有限公司 2020 年版），敬請參閱。

〔註 69〕《盲井》（故事片，彩色），2003 年出品，改編自劉慶邦 2000 年發表的中篇小說《神木》；DVD，時長 92 分鐘；本片未能在中國大陸公映；編劇、導演：李楊；攝影指導：劉永宏；錄音：王彧；美術指導：楊軍；剪接：李楊、卡爾・李德；副導演：鮑振江、阿龍；主演：李易祥、王雙寶、王寶強。我對這部影片的具體意見，祈參見拙作：《第六代導演作品對弱勢群體的關注及其文化批判——以李楊編導的〈盲井〉為例》（載《汕頭大學學報》2012 年第 5 期），其完全版收入《新世紀中國電影讀片報告》，未刪節版收入《黑旗袍：中國電影的文化邏輯與市場機制——2000 年以來的文本實證》，敬請參閱。

〔註 70〕《日日夜夜》（故事片，彩色），2004 年出品；DVD，時長 89 分鐘。勞雷影業有限公司、羅森電影公司、法國電影藝術、中國電影集團第四分公司聯合攝製；中國電影集團公司、中國電影合作公司聯合出品；本片未能在中國大陸公映；編劇、導演：王超；攝影指導：伊・伊和烏拉；錄音指導：王學義；美術指導：邱生；剪輯：周新霞；副導演：鮑振江、烏蘭；主演：劉磊、孫桂林、王瀾、肖明、王錚。我對這部影片的具體意見，祈參見拙作：《第六代導演作品的審美高度與哲理思辨——以王超的〈日日夜夜〉為例》（載《學術界》2012 年第 10 期），其完全版收入《新世紀中國電影讀片報告》，未刪節版收入《黑旗袍：中國電影的文化邏輯與市場機制——2000 年以來的文本實證》，敬請參閱。

〔註 71〕《孔雀》（故事片，彩色），2005 年出品；DVD，時長 141 分鐘 43 秒；編劇：李檣；導演：顧長衛；攝影：楊樹；錄音：武拉拉；美術：黄新明、蔡衛東；剪輯：劉沙、閻濤；執行導演：劉國楠；副導演：成捷；主演：張靜初、馮礫、呂玉來、黄梅瑩、趙毅雄。我對這部影片的具體意見，祈參見拙作：《第六代導演：忠實於時代記錄和敘事功能的恢復——以顧長衛的〈孔雀〉為例》（載《浙江傳媒學院學報》2012 年第 6 期），其完全版收入《新世紀中國電影讀片報告》，未刪節版收入《黑旗袍：中國電影的文化邏輯與市場機制——2000 年以來的文本實證》，敬請參閱。

〔註 72〕《江城夏日》（又名《漢口夏日》、《 豪華的車》，故事片，彩色），2006 年出品； DVD，時長 82 分鐘；編劇、導演：王超；攝影指導：劉勇宏；錄音：王然；美術：李文博；剪輯：陶文；副導演：雷陽、向勇、劉伯坤；主演：

《立春》（顧長衛，2008）〔註 74〕、《光棍》（郝杰，2010）、《鋼的琴》（張猛，2011）〔註 75〕、《天注定》（賈樟柯，2013）、《藍色骨頭》（崔健，2014）等。〔註 76〕

新左翼電影顯著的藝術特徵之一，是使用地方方言。這也是其主題思想外化的結果，即挑戰和消解固化已久的主流價值理念。因為 1949 年前的中國電影，並無整齊劃一的人物話語標準，雖然在 1930 年代中期電影有聲化普及

田原、吳有才、黃鶴、李怡清。我對這部影片的具體意見，祈參見拙作：《第六代導演作品中的邊緣性和地域性——以王超 2006 年編導的〈江城夏日〉為例》（載《汕頭大學學報》2013 年第 6 期），其完全版收入《新世紀中國電影讀片報告》，未刪節版收入《黑旗袍：中國電影的文化邏輯與市場機制——2000 年以來的文本實證》，敬請參閱。

〔註 73〕《太陽照常升起》（故事片，彩色），2007 年出品；DVD，片長 111 分鐘；改編自葉彌 2002 年發表的小說《天鵝絨》；本片在中國大陸公映時有所刪節；編劇：述平、姜文、過士行；導演：姜文；攝影指導：趙非、李屏賓、楊濤；美術指導：曹久平、張建群；剪輯：張一凡、姜文、曹偉杰、陸倈、陳建江；第一副導演：吳昔果；主演：姜文、周韻、房祖名、陳沖、孔維、黃秋生。我對這部影片的具體意見，祈參見拙作：《歷史射進現實——以姜文 2007 年導演的〈太陽照常升起〉為例》（載《新國學研究》第 13 輯，中國書店 2015 年 9 月版），其完全版收入《新世紀中國電影讀片報告》，未刪節版收入《黑旗袍：中國電影的文化邏輯與市場機制——2000 年以來的文本實證》，敬請參閱。

〔註 74〕《立春》（故事片，彩色），2008 年出品；DVD，時長 101 分 35 秒；編劇：李檣；導演：顧長衛；攝影：王雷；錄音：王學義；美術：楊帆；剪輯：楊紅雨；主演：蔣雯麗、李光潔、焦剛、吳國華、董璇、張瑤。我對這部影片的具體意見，祈參見拙作：《1980 年代內地文藝青年精神世界與現實生活的失衡——以顧長衛 2008 年導演的〈立春〉為例》（載《成都大學學報》2013 年第 2 期），完全版收入《新世紀中國電影讀片報告》，未刪節版收入《黑旗袍：中國電影的文化邏輯與市場機制——2000 年以來的文本實證》，敬請參閱。

〔註 75〕《鋼的琴》（故事片，彩色），2011 年出品；（公映版）片長：107 分鐘；編劇、導演：張猛；攝影：周書豪；錄音：李尚鬱；美術：王碩、張毅；剪輯：盧允、高博；主演：王千源、秦海璐、張申英、王早來、羅二羊。我對這部影片的具體意見，祈參見拙作：《「新左翼電影」的題材選擇和批判性的社會立場表達——以電影〈鋼的琴〉為例》（載《現代傳播》2013 年第 5 期），其完全版收入《新世紀中國電影讀片報告》，未刪節版收入《黑旗袍：中國電影的文化邏輯與市場機制——2000 年以來的文本實證》，敬請參閱。

〔註 76〕我對《一半是火焰，一半是海水》（1988）、《瘋狂的代價》（1988）、《活著》（1994）、《陽光燦爛的日子》（1994）、《小武》（1997）、《鬼子來了》（2000）、《站臺》（2000）、《任逍遙》（2002）、《十七歲的單車》（2001）、《青紅》（2005）、《看上去很美》（2006）、《光棍》（2010）、《藍色骨頭》（2014）等影片的具體討論意見，迄今尚未公開發表，敬請關注。

以後，尤其是 1940 年代，大部分影片都使用以南京官話為主的國語發音，但就整體而言，人物的語言基本跟著演員的口音走。因此，新左翼電影從一開始就偏重地方方言，譬如 1988 年從王朔小說改編而來的那四部電影。相對而言，新國粹電影這方面的起步或覺悟似乎很晚，雖說很不應該但事實如此。做的最成功的就是郝杰的《美姐》（2012），最不成功的就是吳天明的《百鳥朝鳳》（2016）。

圖片說明：《一半是火焰，一半是海水》（編劇：王朔、葉大鷹；導演：夏鋼；北京電影製片廠 1988 年出品）VCD 包裝之封面（左）、封底照。（圖片攝影：姜菲）

同樣，1980 年代初期，1934 年出現的國粹電影在中國大陸也得以復興，我稱之為新國粹電影。新國粹電影與歷史上的國粹電影的區別主要是名稱，其文化價值判斷、指向，甚至其藝術表達形式的指導宗旨和成效都沒有什麼變化（譬如沉悶、商業效果不佳等）。新國粹電影與新市民電影、舊市民電影和新左翼電影一起，共同譜就 1980 年以來中國大陸電影的面貌，直接承襲 1949 年前的舊市民電影、新市民電影、左翼電影、國粹電影的精神氣質、藝術傳統和市場法則。因此，可視為道統的具體呈現。

新國粹電影的代表作有《獵場札撒》（田壯壯，1984）、《霸王別姬》（陳凱歌，1993）、**《美姐》**（郝杰，2012）、**《刺客聶隱娘》**（侯孝賢，2015）、《山河故人》（賈樟柯，2015）、**《百鳥朝鳳》**（吳天明，2016）等。《獵場札撒》有意思地偏離強勢意識形態對電影的主導；《霸王別姬》更多地是在歷史反思中凸顯文化傳統；《美姐》以原生態夫妻倫理和農村文明對抗現代思維；**《刺客聶隱娘》**的重點是借助武俠的外衣重申道德歷史傳承——《山河故人》是將這種傳承擴展到與西方文化的直接比對中；《百鳥朝鳳》既與以城市的和時尚

的消費為賣點的新市民電影對立，又與以揭示和反映社會現實的新左翼電影保持絕對距離。〔註 77〕

從歷史源頭上說，經歷了 1910 年代末期和 1920 年代初期幾十種西方文藝思潮短時間湧入中國之後形成的中西方文化大碰撞中，傳統文化落花流水。舊市民電影抱殘守缺、故步自封；左翼電影取其一點、不及其餘，逆風飛揚、桀驁不馴；新市民電影迎風而動、隨波逐流、吐故納新；唯有國粹電影挺身而出，正面迎擊、堅決捍衛。

從歷史傳承上看，國粹電影和新國粹電影的神韻，就在於句句有所指，指向皆明確。「問君何能耳，心遠地自偏」（陶淵明：《飲酒・其五》）。

圖片說明：《陽光燦爛的日子》（編劇、導演：姜文；中國電影合作製片公司 1994 年出品）DVD 包裝之封面（左）、封底照。（圖片攝影：姜菲）

卯、舊市民電影與新市民電影

1978 年後，孤懸海外的傳統文化藉港臺文學和影視劇反哺大陸，繼而，中國歷史上的四種形態即舊市民電影、左翼電影、新市民電影、國粹電影全面復活／復興。在我的分析體系中，左翼電影、國粹電影，有 1949 年前後的時代之別，故有左翼電影—新左翼電影、國粹電影—新國粹電影之分。但是，

〔註 77〕我對《美姐》（2012）、《刺客聶隱娘》（2015）、《百鳥朝鳳》（2016）等影片的具體討論意見，迄今尚未公開發表，敬請關注。

舊市民電影和新市民電影稱謂依舊，蓋其所承載的意識形態，從歷史上就較左翼電影、國粹電影為弱，文化性和商業性較強。用一個大致的比喻，內容上「怪力亂神」的，基本就是舊市民電影，或者說有此基本要素的，就會是舊市民電影；而主題尤其是視聽語言上追求或呈現「光怪陸離」的，大致又會是新市民電影，至少是其兜售 LOGO〔21〕。

在 1980 年代，舊市民電影的最高代表，是 1982 年香港和內地合拍片《少林寺》，新市民電影的最高代表，是《黃土地》（1984）、《夜半歌聲》（1985）、《紅高粱》（1987）等。1990 年代，王朔曾指斥此前輸入的港臺武俠影片是「長頭髮和沒頭髮的亂打一氣」。此惡評實屬高論。從中國電影史的角度看，武俠歷來是舊市民電影的重頭戲，和新市民電影一樣，其扯淡之風俗，隨著時代演進愈演愈烈。國粹電影和左翼電影，無論新老，從來不扯淡，但分別被民眾和當局視為教義和異端）。

圖片說明：《站臺》（編劇、導演：賈樟柯；胡同製作、T-Mark 2000 年聯合出品）DVD 包裝之封面（左）、封底照。（圖片攝影：姜菲）

如果說，舊市民電影是小市民電影，那麼新市民電影就是「大」市民電影，蓋其有著大眾文藝和通俗文化的一切新鮮花頭，但也不缺乏小聰明，甚至顯得更有智慧〔22〕。前一個特徵源自電影的商業性，後一點源自時代性和都市化〔23〕。而左翼電影無論新、舊，都不會和新市民電影拼思想，因為二者不在一個層級。國粹電影也是如此，無論新、舊，也不和新市民電影拚技術，因為它有自覺的、沉重的歷史擔當。

歷史證明，一個電影如果票房大賣，不是舊市民電影，就是新市民電影。

在中國電影史上，前者的證據是 1920 年的無聲片《閻瑞生》（編劇：楊小仲；導演：任彭年；攝影：廖恩壽，中國影戲研究社出品），影片根據一個銀行高級白領殺害一個頭牌性工作者的真實事件改編，事件本身就是轟動性的社會新聞，編成文明新戲後，連續演出半年之久；拍成影片時為了更抓人，讓被害人的同事出演女主，殺人犯的至友演男主，足球名將演幫兇[3] P43~44；當時的電影時長都不過 20 分鐘，而這個片子竟有兩個小時之長[24]。

1980 年代初期，《少林寺》在大陸大賣，票房超過 1 個億人民幣，而當時的平均票價不過是 0.1～0.2 元，可見觀眾之踊躍[25]。在我看來，《少林寺》是舊市民電影形態，所謂「尊王攘夷」、維護正統，其主題思想，其實是為大陸新興的政權勢力的合法性和道統地位做了一次全民性教育和普及宣傳。（其藝術形式，是 1920 年代舊市民電影形態中武俠片套路疊加了 1949 年後大陸紅色電影的模式——你把正方和反方分別替換成革命／反革命，或者紅軍／八路軍 VS 國軍／日本鬼子，就都成立了）。

圖片說明：《任逍遙》（編劇、導演：賈樟柯；北野武工作室、T-Mark、Lumen Films、E-Pictures、Hu Tong Communications 2002 年出品）DVD 包裝之封面（左）、封底照。（圖片攝影：姜菲）

同樣是在中國電影史上，新市民電影大賣的證據，首推 1933 年的《姊妹花》。作為中國電影有聲片時代的第一部高票房電影，其首輪公映時，「創造了連續放映了 60 餘天的票房記錄」[3] P239；其後「二輪、三輪影院共連映 50 餘天……全國先後有 18 個省、53 個城市和香港、南洋群島 10 個城市放映了《姊》片……被評為當年國內十部名片之首」[26]，而當時國產片在上海首映的時間，一般都只有 3～5 天[27]。

1949 年前，有聲片時代的第二部高票房電影是《漁光曲》（1934），首映後連續放映 84 天[3] P334，編導蔡楚生脫穎而出。第三是《夜半歌聲》（1937），反響空前，連映 34 天[28]——雖然沒破歷史記錄，但捧紅了編導馬徐維邦。第四是戰後的《天字第一號》（1946），「二十七天趕好了全片。在聖誕節前在上海皇后戲院獻演，立刻，它撕破了一切國產影片營業的記錄，六千萬的成本賣座總數共十萬萬，屠光啟紅了，歐陽莎菲成了觀眾眼中的新的偶像」[29]。第五是《一江春水向東流》（1947），居然連映了三個多月[17] P222，編導蔡楚生、鄭君里再度爆紅。

圖片說明：《一江春水向東流》（編劇、導演：蔡楚生、鄭君里；聯華影藝社出品 1947 年出品；1956 年大陸刪節版）DVD 包裝之封面（左）、封底照。（圖片攝影：姜菲）

在我看來，這些高票房電影都屬於新市民電影形態。換言之，除了新市民電影，無論是左翼電影、國防電影還是國粹電影，1949 年前都沒有如此成績的高票房的記錄。想當年，左翼電影引領市場潮流，但成就的高票房電影，全都是借助、抽取其思想元素的新市民電影。最高段位的國防電影《浪淘沙》（1936）不僅沒有經濟效益，還直接導致「聯華」高層更迭[3] P334。1930 年代的《天倫》和《國風》先後被三十多年後的大陸電影史研究斥為「反動統治階級欺騙人民的工具」[3] P351，「是以羅明祐為代表的『聯華』右翼勢力為國民黨反動派效勞的最集中的體現，是國民黨反動派的反動文化思想在電影方面的典型反映」〔3〕P353」。1940 年代的《小城之春》，不僅也沒有好的票房紀錄，還都被 1960 年代的中國電影史研究給予「反動」、「頹廢」和「消極落後」的評語〔17〕P272。

2000 年以來的中國大陸電影，但凡是高票房電影，似乎也只有新市民電影，而且是一家獨大。譬如，2009 年的《三槍拍案驚奇》〔註 78〕，首映當日票房即收穫 2100 萬（人民幣），截止當年 12 月 26 號，票房累計 2.56 億〔30〕，最終票房為 2.6 億〔31〕。（與此不對稱的是，影片僅獲得 2010 年一個名不見經傳的小獎：首屆華語電影金榜單第三名〔30〕）。因此，有人稱其為「事件」電影〔32〕。

又譬如一年之後的《讓子彈飛》（2010）〔註 79〕，上映後第一週票房 1.8 億，四週後 6.06 億，「票房總成績已經名列內地史上第三，其中僅次於《阿凡達》（13.5 億元）和《唐山大地震》（6.5 億元）」，被稱為繼張藝謀之後中國大陸的又一種「現象級電影」〔33〕。兩年後的《私人訂製》〔註 80〕，作為 2014 年

〔註 78〕《三槍拍案驚奇》（故事片，彩色），2009 年出品；DVD，時長 94 分鐘，根據美國科恩兄弟的電影《血迷宮》改編；編劇：徐正超、史建全；導演：張藝謀；攝影指導：趙小丁；錄音：陶經；美術：韓忠；剪輯：孟佩璁；主演：孫紅雷、小瀋陽、閆妮、趙本山。我對這部影片的具體意見，祈參見拙作：《20 世紀 30 年代新市民電影的高調復活——以 2009 年的〈三槍拍案驚奇〉為例》（載《當代電影》2013 年第 6 期），其完全版收入《新世紀中國電影讀片報告》，未刪節版收入《黑旗袍：中國電影的文化邏輯與市場機制——2000 年以來的文本實證》，敬請參閱。

〔註 79〕《讓子彈飛》（故事片，彩色），2010 年出品；DVD，時長 132 分鐘；根據馬識途 1983 年發表的小說《夜譚十記》第三篇《盜官記》改編；編劇：朱蘇進、述平、姜文、郭俊立、危笑、李不空；導演：姜文；攝影指導：趙非；錄音：溫波；美術指導：黃家能、于慶華、高亦光；剪輯：姜文、曹偉杰；主演：姜文、周潤發、葛優、劉嘉玲、姜武、趙銘。我對這部影片的具體意見，祈參見拙作：《1930 年代新市民電影的盛裝返場——以 2010 年的〈讓子彈飛〉為例》（載《學術界》2013 年第 4 期），其完全版收入《新世紀中國電影讀片報告》，未刪節版收入《黑旗袍：中國電影的文化邏輯與市場機制——2000 年以來的文本實證》，敬請參閱。

〔註 80〕《私人訂製》（故事片，彩色），華誼兄弟傳媒股份有限公司 2013 年出品；視頻，片長 113 分鐘；編劇：王朔；導演：馮小剛；攝影指導：趙曉時；錄音指導：吳江；美術設計：石海鷹；剪輯指導：肖洋；主演：葛優、范偉、白百何、李小璐、宋丹丹、李成儒。我對這部影片的具體意見，祈參見拙作：《為什麼說〈私人訂製〉再次證明了新市民電影的健在？——從 20 世紀 30 年代中國電影歷史上的左翼電影和新市民電影說起》（載《當代電影》2014 年第 5 期），未刪節版收入《黑旗袍：中國電影的文化邏輯與市場機制——2000 年以來的文本實證》，敬請參閱。

代賀歲片上映，4 天就是 3.2 億的票房，「輕鬆刷新華語電影 4 天票房最高紀錄，以及華語電影最快破 3 億紀錄」[34]。

圖片說明：《天下無賊》（編劇：王剛、林黎勝、阿魯；導演：馮小剛；華誼兄弟太合影視投資公司、太合影視投資公司、寰亞電影有限公司、北京紫禁城影業公司 2004 年聯合出品）DVD 包裝之封面（左）、封底照。（圖片攝影：姜菲）

無論是哪個時代的新市民電影，這些高票房影片的樣本，其共同特徵是技術至上、附和主流、撫今追昔、旁敲側擊、迴避當下，即刻意拉開與主流強權的表訴距離，整體持保守的社會批判立場，在保障自身安全和利益的前提下，扎根小針兒打個擦邊兒球，可以獻媚但不賣身，最大程度運用新技術，實時滿足消費者隨時更新的視聽和心理需求，實現三方和諧共贏的最終目的。

需要注意的是，即使是改編自王朔或劉震雲那些極具顛覆性的小說，以馮小剛導演為主要代表的新市民電影，在整體上還是受到或還是無法擺脫 1949 年後形成的共和國文化的約束和輻射，具備鮮明的紅色經典電影特徵。因此，一切對《我不是潘金蓮》（編劇：劉震雲；導演：馮小剛；2016 年出品）主題思想主流化的指責，其實都是大水沖了龍王廟；至於影片圓形畫幅的選擇，其實與古典主義或傳統文化無關，不過是新市民電影新技術主義的又一個時代新例證而已。

另一方面，女導演之所以把《一句頂一萬句》（編劇：劉震雲；導演：劉雨霖；2016 年出品），拍成個典型的新市民電影，除了市場機制和文化生態的選擇，還因為乃父的愛心呵護。因為，如果基本忠實於同名原作小說，只能拍出一個新左翼電影來；而其下場，就會像《安陽嬰兒》、《盲井》和《鬼子來了》那樣。連刻意晦澀、隱藏、偽裝的《太陽照常升起》都躲不過亂刀齊飛的命運，弱女子更是無奈。

圖片說明：《青紅》（編劇、導演：王小帥；星美傳媒集團有限公司 2005 年出品）DVD 包裝之封面（左）、封底照。（圖片攝影：姜菲）

總之，舊市民電影和新市民電影都維護主流價值體系，但後者多少會對當下有所指涉，因此更注重現實題材與娛樂功能；前者更多固守傳統理念，因此偏重教化時就能容納怪力亂神。左翼電影和新左翼電影反抗一切強權意識，立場激進；歷史上的國粹電影生成於舊市民電影基礎，但既反對左翼電影，也排斥新、舊市民電影；新國粹電影依然如此，既反對新左翼電影，也反對新市民電影，或者說，新國粹電影絕不會與新左翼電影和新市民電影混同。

從中國電影史的層面上看，舊市民電影、左翼電影、新市民電影、國粹電影，直到國防電影和抗戰電影，都為彰顯民族文化、推動社會進步做出了歷史性貢獻。因此，無論是當時還是現今，指認一個導演（譬如馮小剛）的大多數作品或全部作品為新市民電影，顯然是肯定意義大於否定；因為，其媚俗或對禁忌的規避，實際上是新市民電影形態的特性即「三投機」的性質所決定的。

歷史上，舊市民電影的媚俗，之所以能最大程度地覆蓋觀眾群體，這是其婚姻戀愛題材和道德說教範式所決定的，因此才有情色武俠片《紅俠》(1929)的出現。新市民電影媚俗的同時，更側重媚雅，譬如《姊妹花》(1933)和《一江春水向東流》(1947)，其中不無片段式的新思潮以及對社會現實的即時批評。就當下的新市民電影譬如《芳華》(編劇：嚴歌苓；導演：馮小剛；2017年出品)而言，亦不乏讓人落淚動情之處(從女主給她爸寫信開始，直到結尾。有幾年了，我沒有在看國產片的時候落淚。最早是看王朔的時候會熱淚盈眶)。

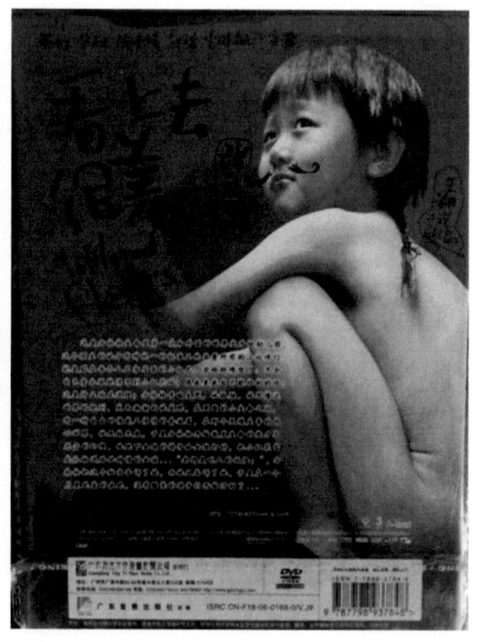

圖片說明：《看上去很美》(原著：王朔；編劇：寧岱；導演：張元；北京華昆天映影視發展有限公司、中信文化體育產業有限公司、北京世紀喜訊文化發展有限公司 2006 年出品) DVD 包裝之封面(左)、封底照。(圖片攝影：姜菲)

如果，一個片子放到哪個時代背景都行，或怪力亂神或玩兒穿越或文藝或鬧騰，大致是舊市民電影，如《長城》(編劇：托尼·吉爾羅伊；導演：張藝謀；2016 年出品)。而但凡對當下有所指涉，無論深淺，然後大團圓，喜劇收場，基本上可以判斷為新市民電影，如《我不是藥神》（編劇：韓家女、鍾偉、文牧野；導演：文牧野；2018 年出品）。《八月》（編劇、導演：張大偉；2017 年出品），任由歲月穿梭人世滄桑，我自在故鄉熱土成長，這就是新國粹電影。只要不偽飾，不做作，不說假話，直面現實，那基本就是新左翼電影，如《北方一片蒼茫》（編劇、導演：蔡成杰；2018 年出品）。

縱觀百年來中國電影的發展，其基本脈絡和結構性格局，在 1937 年抗戰全面爆發前已然全盤確定。所以，即使在敵佔區和包括「孤島」在內的淪陷區，新市民電影、舊市民電影和國粹電影也依然存在，且市場完好甚至繁榮，並在戰後短短五年間得以全面恢復——抗戰電影當然只能寄身於國統區。1949 年後，中國電影一分為三：中國大陸、臺灣、香港，兩岸三地，各自前行。2007 年之前我就基本確立了這個觀點，2009 年的《黑白膠片的文化時態——1922～1936 年中國早期電影現存文本讀解》、2012 年的《黑夜到來之前的中國電影——1937 年現存國產影片文本讀解》不過是這個觀點及其體系的逐步完善和系統性表述而已。

圖片說明：《天注定》（編劇、導演：賈樟柯；中國內地 2013 年出品）DVD 包裝之封面（左）、封底照。（圖片攝影：姜菲）

辰、四種電影形態的世俗比喻

1949 年前的舊市民電影，好像小男孩，好奇心強，騰雲駕霧的武打和怪力亂神都很喜歡，但只在自家院落裏打打殺殺、舞槍弄棒；又像小婦人，花花草草、男女情事，總是心動神搖，但只能夫唱婦和或尋死覓活。長大後，叛逆了，就是左翼電影；喜新厭舊了、投機取巧了，是新市民電影；少年老成、憂國憂民，就是國粹電影。

圖片說明：《藍色骨頭》（編劇、導演：崔健；中國內地 2014 年出品）DVD 包裝之封面（左）、封底照。（圖片攝影：姜菲）

若用食材、口味譬喻，我說，舊市民電影就是紅燒肉大燴菜小雞燉蘑菇東北亂燉，配米飯饅頭攤煎餅捲大蔥喝小米稀粥；左翼電影就是虎皮尖椒蒸河豚，配蓧麵栲栳烤玉米棒子灌胡辣湯；新市民電影就是海參魷魚罐燜牛肉紅燒羊排，配上海生煎魚翅炒飯牛角麵包啜卡布奇諾；國粹電影是茄子辣椒西紅柿白菜豆腐豬肉燉粉條，配窩窩頭地瓜乾雞蛋灌餅飲大碗茶。

1979 年後，消失已久的新、舊市民電影復興，左翼電影和國粹電影分別進化為新左翼和新國粹。因此，2010 年以後，如果一個女記者在大庭廣眾目睽睽的電視直播中翻了個不屑的白眼兒，那麼，若加入男女恩怨，就是舊市民電影；若塗抹意識形態色彩，就是新左翼電影，（倘納入宣教體系，即成主旋律電影）；倘若把撕扯雙方處理成失憶又相認的姐妹，那就是新市民電影；去除娛樂性而彰顯其文化性，就成了新國粹電影。〔註 81〕

巳、歷史意義和當下結局

從中國電影史的層面上看，1949 年前的舊市民電影、左翼電影、新市民電影、國粹電影，直到國防電影和抗戰電影，都為彰顯民族文化、推動社會進步做出了歷史性貢獻。

1979 年後，任何一部中國大陸電影，如果不能被舊市民電影、新市民電影、新國粹電影和新左翼電影等形態所容納，那麼，這個體系的確立就有問題。2017 年在上海，復旦大學陳老師思和教授問我《戰狼》（2015）、《戰狼 2》（2017）往哪個形態歸類？去年在北京，另一位老師問我熱映的《我和我的祖國》（2019）怎麼處理？現今這疑惑有解了。〔註 82〕

初稿時間：2018 年 12 月 11 日
二稿修訂：2019 年 2 月 14 日～9 月 5 日
三稿配圖：2020 年 4 月 3 日～5 月 11 日

〔註 81〕本節戊、不多餘的話的寅、新左翼電影和新國粹電影的少部分段落，卯、舊市民電影與新市民電影中的大部分段落，以及辰、四種電影形態的世俗比喻和巳、歷史意義和當下結局的全部段落，基本上根據我 2011 年至 2020 年在新浪實名微博「袁慶豐教授」（https://weibo.com/u/1586190711?is_all=1）上斷續發表的意見修訂而來。特此申明。

〔註 82〕這篇《導論》的最初思路和大綱，源自 2018 年 12 月 11 日我應邀參加中國藝術研究院主辦的「2018 電影電視評論週電影史論壇」上的現場發言，當初的題目是《談談歷史上的國粹電影——從張雲雷的〈探清水河〉說起》。除戊、不多餘的話外，本文文字的主體部分（約 7000 字），輯為本書《附錄》之前，曾以《第三種聲音：1930 年代國粹電影的生成背景及其歷史意義》為題，刊發於《學術界》2020 年第 6 期（責任編輯：李本紅）。特此申明。

圖片說明：《刺客聶隱娘》(編劇：朱天文、阿城、侯孝賢；導演：侯孝賢；光點影業 2015 年出品）DVD 包裝之封面（左)、封底照。(圖片攝影：姜菲）

參考文獻：

〔1〕紫雨.新的電影之現實諸問題〔N〕.北京：晨報「每日電影」，1932-8-16//三十年代中國電影評論文選〔M〕.北京：中國電影出版社，1993：586.

〔2〕鄭君里.現代中國電影史略//近代中國藝術發展史〔M〕.上海：良友圖書印刷公司，1936//中國無聲電影（四)〔M〕.北京：中國電影出版社，1996：1385.

〔3〕程季華.中國電影發展史：第 1 卷〔M〕.北京：中國電影出版社，1963.

〔4〕李少白.中國電影史〔M〕.北京：高等教育出版社，2006：57.

〔5〕陸弘石，舒曉明.中國電影史〔M〕.北京：文化藝術出版社，1998：41.

〔6〕丁亞平.影像時代——中國電影簡史〔M〕.北京：中國廣播電視出版社，2008：51.

〔7〕李道新.中國電影文化史〔M〕.北京：北京大學出版社，2005：145.

〔8〕袁慶豐.中國現代文學和早期中國電影的文化關聯——以 1922～1936 年國產電影為例〔J〕.中國現代文學研究叢刊，2010（4)：13～26.

〔9〕袁慶豐.1922～1936 年中國國產電影之流變——以現存的、公眾可以看到的文本作為實證支撐〔J〕.合肥：學術界，2009（5)：245～253.

〔10〕韋彧【夏衍】.魯迅與電影〔J〕.上海：電影・戲劇，1936：1（2）// 劉思平，邢祖文.選輯.魯迅與電影（資料彙編）〔M〕.北京：中國電影出版社，1981；174～177.

〔11〕范伯群.「電戲」的最初輸入與中國早期影壇——為中國電影百年紀念而作〔J〕.江蘇大學學報，2005（5）；1～7.

〔12〕袁慶豐.新舊電影中女主人公的道德站位——兼析 1934 年的國粹電影《歸來》〔J〕.學術界，2019（3）：133～141.

〔13〕袁慶豐.論舊市民電影《啼笑因緣》的老和《南國之春》的新〔J〕.南京：揚子江評論，2007（2）：80～84.

〔14〕百科知識.蔣介石、宋美齡與新生活運動.（2006-12-4）〔EB/OL〕http://www.3and1.cn/baike/?u=/view/37808.htm〔登陸時間：2007-6-4〕.

〔15〕錢理群，吳福輝，溫儒敏.中國現代文學三十年（修訂本）〔M〕.北京：北京大學出版社，1998.

〔16〕袁慶豐.紅色經典電影的歷史流變——從左翼電影、國防電影和抗戰電影說起〔J〕.學術界，2020（1）：170～177.

〔17〕程季華.中國電影發展史：第 2 卷〔M〕.北京：中國電影出版社，1963.

〔18〕周承人，李以莊.早期香港電影史：1897～1945〔M〕.上海人民出版社，2009.

〔19〕胡昶，古泉.滿映——國策電影面面觀〔M〕.北京：中華書局，1990：序言.

〔20〕徐躍.倒楣的小裁縫與幸運的清華學子〔J〕.北京：讀書，2019（8）；31～37.

〔21〕袁慶豐.20 世紀 30 年代新市民電影的高調復活——以 2009 年的《三槍拍案驚奇》為例〔J〕.當代電影，2013（6）：98～101.

〔22〕袁慶豐.1930 年代新市民電影的盛裝返場——以 2010 年的《讓子彈飛》為例〔J〕.學術界，2013（4）：185～195+290.

〔23〕袁慶豐.為什麼說《私人訂製》再次證明了新市民電影的健在？——從 20 世紀 30 年代中國電影歷史上的左翼電影和新市民電影說起〔J〕.當代電影，2014（5）：120～125.

〔24〕陸茂清.我國首部高故事片《閻瑞生》誕生記〔J〕.上海灘，2004（9）//〔N〕.作家文摘，2004-10-12（03）.

〔25〕謝飛.中國電影轉型 30 年〔J〕.瞭望，2009（1）：60～63.

〔26〕潮之南.一代藝宗鄭正秋〔EB/OL〕.http://www.chaozhinan.com/article.asp?id=2617&classid=4（2004-11-3）〔登陸時間 2005-8-3〕.

〔27〕王人美.我的成名與不幸——王人美回憶錄〔M〕.解波，整理.北京：團結出版社，2007：98.

〔28〕CCTV《見證・影像志》〔EB/OL〕.http://sports.cctv.com/program/witness/topic/geography/C14531/20050811/102242.shtml.

〔29〕歐陽莎菲從北平紅到上海〔J〕.電影（上海 1946），1947（9）: 4.

〔30〕百度百科〔EB/OL〕.http://baike.baidu.com/view/2406591.htm，〔登陸時間 2011-08-01〕.

〔31〕新華網〔EB/OL〕.http://news.xinhuanet.com/ent/2010-02/11/content_12965579.htm，〔登陸時間 2011-08-01〕.

〔32〕饒曙光.作為電影事件及其文化現象的《三槍拍案驚奇》〔J〕.當代電影，2010（2）: 31～34.

〔33〕王垚.現象級電影《讓子彈飛》〔J〕.當代電影，2011（2）: 44～47.

〔34〕百度百科〔EB/OL〕.http://baike.baidu.com/link?url=m9OVDqgs15Vt03XIU-RitTcPy9iOVHw_rUvu4NcTPqwz1KCYj8VfhKx-X4eDlf8CF-Pk1e3_qb88J7eff0EhSa.

The Third Voice, The Third Position——The Background, Historical Significance and Structural Inheritance of the Nationality Film in the 1930s

Read Guide: In the early 1930s, Chinese films were divided into new and old ones. The Left-wing Chinese Film that advocated Anti Japanese salvation and voiced for the disadvantaged were new ones, which had been discussed by the academic circles for many years. However, if we study the existing films before 1938 that the public can see, we will find that the new films also include the New Citizen Chinese Film that conditionally extracts and borrows the ideological elements of Left-wing Chinese Film to expand market share，as well as the Nationality Film which opposes the radical social revolutionary position of Left-wing Chinese Film and New Citizen Chinese film that focuses on urban cultural consumption. Under the background of the fierce collision between Chinese and Western cultures, the Nationality Film, in its attitude towards traditional culture, has abandoned the conservative principle of Traditional Chinese Film. Instead, it has selected high-quality resources and tried to find the foundation of the integration of family and state in the trend of the new era and established the efforts to strengthen the nation's new life pulse. As the third voice and the third position, the Nationality Film not only immediately entered into the new generation of diversified discourse programming system of Chinese films before the outbreak of the Anti Japanese War, but also became an important part of the system which had profound

influence on the current films.
Keywords: Traditional Chinese Film; Left-wing Chinese Film; New Citizen Chinese film; National Defense Film; Anti Japanese War Film; Nationality Film.

主要參考資料

影像資料

1. 《勞工之愛情》（又名《擲果緣》，故事片，黑白，無聲），明星影片公司 1922 年出品。VCD（單碟），時長 22 分鐘。編劇：鄭正秋；導演：張石川；攝影：張偉濤。
2. 《一串珍珠》（根據法國莫泊桑的小說《項鍊》改編，故事片，黑白，無聲），長城畫片公司 1925 年出品。VCD（雙碟），時長 101 分鐘。編劇：侯曜；導演：李澤源；攝影：程沛霖。
3. 《海角詩人》（故事片，黑白，無聲，殘片），民新影片公司 1927 年出品。現存殘片，時長 19 分 31 秒。編劇、導演：侯曜；攝影：梁林光。
4. 《西廂記》（故事片，黑白，無聲，殘片），民新影片公司 1927 年出品。VCD（單碟，殘片），時長 43 分鐘。編導：侯曜；說明：濮舜卿；攝影：梁林光。
5. 《情海重吻》（故事片，黑白，無聲），上海大中華百合影片公司 1928 年出品。VCD（單碟），時長 59 分 48 秒。編劇、導演：謝雲卿；攝影：周詩穆、嚴秉衡。
6. 《雪中孤雛》（故事片，黑白，無聲），華劇影片公司 1929 年出品。VCD（雙碟），時長 76 分 22 秒。編劇及說明：周鵑紅；導演：張惠民；副導演：吳素馨；攝影：湯劍廷。
7. 《怕老婆》（又名《兒子英雄》，故事片，黑白，無聲），上海長城畫片公司 1929 年出品。VCD（單碟），時長 71 分 11 秒。編劇：陳趾青；導演：楊小仲；攝影：李文光。
8. 《紅俠》（故事片，黑白，無聲），友聯影片公司 1929 年出品。視頻，時長 92 分 03 秒。導演：文逸民；副導演：尚冠武；攝影：姚士泉。

9. 《女俠白玫瑰》（又名《白玫瑰》，故事片，黑白，無聲，殘片），華劇影片公司 1929 年出品。視頻（殘篇），時長 26 分 56 秒。編劇：谷劍塵；導演：張惠民；攝影：湯劍廷。
10. 《戀愛與義務》（故事片，黑白，無聲），聯華影業公司 1931 年出品。視頻，時長 101 分 54 秒。原作：華羅琛夫人；編劇：朱石麟；導演：卜萬蒼；攝影：黃紹芬。
11. 《一剪梅》（故事片，黑白，無聲），聯華影業公司 1931 年出品。DVD（單碟），時長 111 分 58 秒。編劇：黃漪磋；導演：卜萬蒼；攝影：黃紹芬。
12. 《桃花泣血記》（故事片，黑白，無聲），聯華影業公司 1931 年出品。VCD（雙碟），時長 88 分 15 秒。編劇、導演：卜萬蒼；攝影：黃紹芬。
13. 《銀漢雙星》（故事片，黑白，無聲），聯華影業公司 1931 年出品。VCD（雙碟），時長 86 分 24 秒。原著：張恨水；編劇：朱石麟；導演：史東山；攝影：周克。
14. 《銀幕豔史》（殘篇，故事片，黑白，無聲，殘片），明星影片公司 1931 年出品。視頻（殘篇），時長 51 分鐘 50 秒。導演：程步高；說明：鄭正秋；攝影：董克毅。
15. 《南國之春》（故事片，黑白，無聲），聯華影業公司 1932 年出品。VCD（雙碟），時長 78 分 34 秒。編劇、導演：蔡楚生；攝影：周克。
16. 《野玫瑰》（故事片，黑白，無聲），聯華影業公司 1932 年出品。VCD（雙碟），時長 80 分鐘。編劇、導演：孫瑜；攝影：張偉濤。
17. 《火山情血》（故事片，黑白，無聲），聯華影業公司 1932 年出品。VCD（雙碟），時長 95 分 41 秒。編劇、導演：孫瑜；攝影：周克。
18. 《奮鬥》（故事片，黑白，無聲，殘片），聯華影業公司 1932 年出品。視頻，（殘片）時長約 85 分鐘。編劇、導演：史東山；攝影：周克。
19. 《脂粉市場》（故事片，黑白，有聲），明星影片公司 1933 年出品。VCD（雙碟），時長 82 分 48 秒。編劇：丁謙平【夏衍】；導演：張石川；攝影：董克毅。
20. 《春蠶》（故事片，黑白，配音），明星影片公司 1933 年出品。VCD（雙碟），時長 94 分鐘。原著：茅盾；編劇：蔡叔聲【夏衍】；導演：程步高；攝影：王士珍。
21. 《姊妹花》（故事片，黑白，有聲），明星影片公司 1933 年出品。VCD（雙碟），時長 81 分 9 秒。編劇、導演：鄭正秋；攝影：董克毅。
22. 《二對一》（故事片，黑白，有聲），明星影片公司 1933 年出品。視頻（現場），時長 79 分鐘 4 秒。編劇：王幹白；導演：張石川、沈西苓；攝影：董克毅。
23. 《天明》（故事片，黑白，無聲），聯華影業公司 1933 年出品。VCD（雙碟），時長 97 分 22 秒。編劇、導演：孫瑜；攝影：周克。

24. 《母性之光》（故事片，黑白，無聲），聯華影業公司 1933 年出品。VCD（雙碟），時長 93 分鐘。原作：田漢；編劇、導演：卜萬蒼；攝影：黃紹芬。

25. 《小玩意》（故事片，黑白，無聲），聯華影業公司 1933 年出品。VCD（雙碟），時長 103 分鐘。編劇、導演：孫瑜；攝影：周克。

26. 《惡鄰》（故事片，黑白，無聲），月明影片公司 1933 年出品。VCD（單碟），時長 41 分 15 秒。編劇、說明：李法西；導演：任彭年；攝影：任彭壽。

27. 《女兒經》（故事片，黑白，有聲），明星影片公司 1934 年出品。VCD（三碟），時長 157 分 54 秒。編劇：編劇委員會；導演：李萍倩、程步高、姚蘇鳳、吳村、陳鏗然、沈西苓、徐欣夫、鄭正秋、張石川；攝影：董克毅、王士珍、嚴秉衡、周詩穆、陳晨。

28. 《歸來》（故事片，黑白，無聲），聯華影業公司第三廠 1934 年出品。原片拷貝（10 本）修復公映版，時長約 93 分鐘。編導：朱石麟；攝影：莊國鈞；布景：吳永剛。

29. 《漁光曲》（故事片，黑白，配音，殘片），聯華影業公司 1934 年出品。VCD（單碟），時長 56 分 6 秒。編劇、導演：蔡楚生；攝影：周克。

30. 《體育皇后》（故事片，黑白，無聲），聯華影業公司 1934 年出品。VCD（雙碟），時長 86 分 24 秒。編劇、導演：孫瑜；攝影：裘逸葦。

31. 《神女》（故事片，黑白，無聲），聯華影業公司 1934 年出品。VCD（雙碟），時長 73 分 28 秒。編劇、導演：孫瑜；攝影：張偉濤。

32. 《大路》（故事片，黑白，配音），聯華影業公司 1934 年出品。VCD（雙碟），時長 104 分鐘。編劇、導演：孫瑜；攝影：裘逸葦。

33. 《新女性》（故事片，黑白，配音），聯華影業公司 1934 年出品。VCD（雙碟），時長 105 分鐘。編劇、導演：蔡楚生；攝影：周達明。

34. 《桃李劫》（故事片，黑白，有聲），電通影片公司 1934 年出品。VCD（雙碟），時長 102 分 46 秒。編劇：袁牧之；導演：應雲衛；攝影：吳蔚雲、李熊湘。

35. 《風雲兒女》（故事片，黑白，有聲），電通影片公司 1935 年出品。VCD（雙碟），時長 89 分 10 秒。原作：田漢；分場劇本：夏衍；導演：許幸之；攝影：吳印咸。

36. 《都市風光》（故事片，黑白，有聲），電通影片公司 1935 年出品。VCD（雙碟），時長 92 分 29 秒。編劇、導演：袁牧之；攝影：吳印咸。

37. 《船家女》（故事片，黑白，有聲），明星影業公司 1935 年出品。VCD（雙碟），時長 101 分 15 秒。編劇、導演：沈西苓；攝影：嚴秉衡、周詩穆。

38. 《國風》(故事片，黑白，無聲)，聯華影業公司 1935 年出品。DVD(單碟)，時長 94 分鐘。編劇：羅明祐；聯合導演：羅明祐、朱石麟；攝影：洪偉烈。

39. 《天倫》(故事片，黑白，配音，刪節版)，聯華影業公司 1935 出品。VCD(單碟)，時長 45 分 18 秒。編劇：鍾石根；導演：羅明祐；副導演：費穆；攝影：黃紹芬。

40. 《新舊上海》(故事片，黑白，有聲)，明星影片公司 1936 年出品。VCD(雙碟)，時長 101 分 52 秒。編劇：洪深；導演：程步高；攝影：董克毅。

41. 《浪淘沙》(故事片，黑白，有聲)，聯華影業公司 1936 年出品。VCD(單碟)，時長 68 分 32 秒。編劇、導演：吳永剛；攝影：洪偉烈。

42. 《迷途的羔羊》(故事片，黑白，配音，刪節版)，聯華影業公司 1936 年出品。視頻，時長 63 分 30 秒。編劇、導演：蔡楚生；攝影：周達明。

43. 《狼山喋血記》(故事片，黑白，有聲)，聯華影業公司 1936 年出品。VCD(雙碟)，時長 69 分 47 秒。原著：沉浮、費穆；編劇、導演：費穆；攝影：周達明。

44. 《孤城烈女》(原名《泣殘紅》，故事片，黑白，有聲)，聯華影業公司 1936 年出品。VCD(雙碟)，時長 88 分 26 秒。編劇：朱石麟；導演：王次龍；攝影：陳晨。

45. 《慈母曲》(故事片，黑白，有聲)，聯華影業公司 1935 年出品。VCD(雙碟)，時長 112 分 48 秒。導編：朱石麟；導演：羅明祐；攝影：張克瀾、石世磐、黃紹芬。

46. 《壯志凌雲》(故事片，黑白，有聲)，新華影業公司 1936 年出品。VCD(雙碟)，時長 93 分 41 秒。編劇、導演：吳永剛；攝影：余省三、薛伯青。

47. 《人海遺珠》(故事片，黑白，有聲)，聯華影業公司 1937 年出品。視頻，時長 126 分 28 秒。編劇、導演：朱石麟；攝影：周達明。

48. 《壓歲錢》(故事片，黑白，有聲)，明星影片公司 1937 年出品。VCD(雙碟)，時長 91 分鈡 9 秒。編劇：洪深【夏衍】；導演：張石川；攝影：董克毅。

49. 《十字街頭》(故事片，黑白，有聲)，明星影片公司 1937 年出品。VCD(雙碟)，時長 103 分 48 秒。編導：沈西苓；攝影：周詩穆、王玉如。

50. 《馬路天使》(故事片，黑白，有聲)，明星影片公司 1937 年出品。VCD(雙碟)，時長 89 分 58 秒。編劇、導演：袁牧之；攝影：吳印咸。

51. 《聯華交響曲》(短片集，黑白，有聲)，聯華影業公司 1937 年出品。VCD(雙碟)，時長 102 分 45 秒。編劇、導演：司徒慧敏、蔡楚生、費穆、譚友六、沉浮、賀孟斧、朱石麟、孫瑜。攝影：黃紹芬、周達明、沈勇石、陳晨。

52.《如此繁華》(故事片，黑白，有聲)，聯華影業公司 1937 年出品。VCD(雙碟)，時長 103 分鐘 27 秒。編劇、導演：歐陽予倩；攝影：黄紹芬。
53.《前臺與後臺》(短故事片，黑白，有聲)，聯華影業公司 1937 年出品。VCD(單碟)，時長 37 分鐘 07 秒。編劇：費穆；導演：周翼華；攝影：黄紹芬。
54.《好女兒》(《新舊時代》，故事片，黑白，有聲)，華安影業公司 1937 年出品，視頻，時長 89 分 43 秒。編劇、導演：朱石麟；攝影：陳晨。
55.《王老五》(故事片，黑白，有聲)，聯華影業公司／「華安」1937 年出品；視頻，時長 110 分 36 秒。編劇、導演：蔡楚生；攝影：周達明。
56.《夜半歌聲》(故事片，黑白，有聲)，新華影業公司 1937 年出品。VCD(雙碟)，時長 118 分 8 秒。編劇、導演：馬徐維邦；攝影：余省三、薛伯青。
57.《青年進行曲》(故事片，黑白，有聲)，新華影業公司 1937 年出品。VCD(雙碟)，時長 105 分 45 秒。編劇：田漢；導演：史東山；攝影：薛伯青。
58.《春到人間》(故事片，黑白，有聲)，(「聯華」) 華安影業股份有限公司 1937 年出品。DVD(單碟)，時長 90 分 27 秒。編劇、導演：孫瑜；攝影：黄紹芬。
59.《藝海風光》(短故事片合集，黑白，有聲)，華安影業股份有限公司 1937 年出品，視頻，時長 102 分 59 秒。(《電影城》，編導：朱石麟；攝影：沈勇石。《話劇團》，編導：賀孟斧；攝影：陳晨。《歌舞班》，編劇：蔡楚生；導演：司徒敏慧；攝影：黄紹芬)。

60.《雷雨》(故事片，黑白，有聲)，新華影業公司 1938 年出品，視頻，時長 95 分 36 秒。原著：曹禺；編劇、導演：方沛霖；攝影：薛伯青。
61.《胭脂淚》(故事片，黑白，有聲)，新華影業公司 1938 年出品。視頻，時長 55 分 59 秒。編劇、導演：吳永剛；攝影：黄紹芬。
62.《游擊進行曲》(故事片，黑白，有聲，國語)，(香港)啟明影業公司 1938 年出品，1941 年 6 月刪剪修改並更名為《正氣歌》後公映。VCD(雙碟)，時長 80 分 3 秒。編劇：蔡楚生、司徒慧敏；導演：司徒慧敏；攝影：白英才。
63.《武則天》(故事片，黑白，有聲)，新華影業公司 1939 年出品。VCD(雙碟)，時長 95 分 22 秒。編劇：柯靈；導演：方沛霖；攝影：余省三。
64.《少奶奶的扇子》(故事片，黑白，有聲)，華新影片公司 1939 年出品。VCD(雙碟)，時長 96 分 38 秒。原著：王爾德；改編：孫敬；導演：李萍倩；攝影：薛伯青。

65. 《王先生吃飯難》（故事片，黑白，有聲），華新影片公司 1939 年出品。視頻（現場），時長 89 分 39 秒。編劇、導演：湯杰；攝影：沈勇石。
66. 《金銀世界》（故事片，黑白，有聲），華新影片公司 1939 年出品。DVD（雙碟），時長 121 分 41 秒。原著：巴若來；編劇：顧仲彝；導演：李萍倩；攝影：沈勇石。
67. 《白蛇傳》（故事片，黑白，有聲），華新影片公司 1939 年出品。視頻（網絡），時長 95 分 19 秒。編劇、導演：楊小仲；攝影：黄紹芬。
68. 《木蘭從軍》（故事片，黑白，有聲），華成影片公司 1939 年出品。視頻，時長 89 分 4 秒。編劇：歐陽予倩；導演：卜萬蒼；攝影：余省三、薛伯青。
69. 《明末遺恨》（故事片，黑白，有聲），華成影片公司 1939 年出品。VCD（雙碟），時長 93 分 10 秒。編劇：魏如晦；導演：張善琨；攝影：黄紹芬。
70. 《萬眾一心》（故事片，黑白，有聲，國語），（香港）新世紀影片公司 1939 年出品。VCD（雙碟），時長 79 分 58 秒。導演：任彭年；助理編導：顧文宗；攝影：阮曾三。
71. 《孤島天堂》（故事片，黑白，有聲，國語），（香港）大地影業公司 1939 年出品，VCD（雙碟），時長 92 分 51 秒。原作：趙英才；編導：蔡楚生；攝影：吳蔚雲。
72. 《東亞之光》（故事片，黑白，有聲，殘片），（重慶）中國電影製片廠 1940 年出品。錄像帶（殘篇），時長 75 分 15 秒（原片拷貝時長大約 100 分鐘）。故事：劉犁；編導：何非光；攝影：羅及之。
73. 《塞上風雲》（故事片，黑白，有聲），（重慶）中國電影製片廠 1940 年出品（1942 年上映）。視頻（網絡），時長 90 分 21 秒。編劇：陽翰笙；導演：應雲衛；攝影：王士珍。
74. 《孔夫子》（故事片，黑白，有聲），民華影業公司 1940 年出品。視頻，時長 97 分 12 秒。編劇、導演：費穆；攝影：周達明。
75. 《西廂記》（故事片，黑白，有聲），國華影片公司 1940 年出品。視頻（網絡），時長 93 分 28 秒。編劇：范煙橋；導演：張石川；攝影：董克毅。
76. 《寧武關》（曲藝短片，黑白，有聲），新華影業公司 1941 年出品。VCD（單碟），時長：25 分 8 秒。導演：卜萬蒼；演唱：劉寶全。
77. 《家》（故事片，黑白，有聲，上下集），中國聯合影業公司 1941 年出品。VCD（三碟），時長：171 分 58 秒。改編：周貽白；導演：卜萬蒼、徐欣夫、楊小仲、李萍倩、王次龍、方沛霖、岳楓、吳永剛；攝影：黄紹芬、周達明、余省三、薛伯青。
78. 《鐵扇公主》（動畫，黑白，配音），中國聯合影業公司 1941 年出品。VCD（雙碟），時長 72 分 47 秒。編劇：王幹白；主繪：萬籟鳴、萬古蟾；攝影：劉廣興、陳正發、周家讓、石鳳岐、孫緋霞。

79.《薄命佳人》(故事片，黑白，有聲)，藝華影業公司 1941 年出品。視頻(網絡)，時長 83 分 12 秒。編劇：葉逸芳；導演：文逸民，攝影：王春泉。

80.《世界兒女》(故事片，黑白，有聲)，民華影業公司、大風影片公司 1941 年聯合出品。視頻（網絡），時長 87 分 49 秒。原著：費穆；導演：賈克佛萊克、露薏絲佛萊克；攝影：周達明、費俊庠。

81.《迎春花》(故事片，黑白，有聲)，(長春)滿洲映畫協會 1942 年出品。DVD（單碟），時長 73 分 53 秒。編劇：長瀨喜伴；導演：佐佐木康；攝影：野村昊。

82.《春》(故事片，黑白，有聲)，中華聯合製片股份有限公司 1942 年出品。VCD（雙碟），時長 104 分 33 秒。原著：巴金；改編：楊小仲；導演：楊小仲；攝影：黃紹芬。

83.《秋》(故事片，黑白，有聲)，中華聯合製片股份有限公司 1942 年出品。視頻（網絡），時長 112 分 9 秒。原著：巴金；改編：楊小仲；導演：楊小仲；攝影：黃紹芬、呂業均。

84.《長恨天》(故事片，黑白，有聲)，中華聯合製片股份有限公司 1942 年出品。VCD（雙碟），時長 74 分 33 秒。編劇、導演：孫敬；攝影：嚴秉衡。

85.《博愛》(故事片，黑白，有聲)，中華聯合製片股份有限公司 1942 年出品。視頻（網絡），時長 142 分 24 秒。導演：卜萬蒼、楊小仲、張善琨、馬徐維邦、岳楓、張石川、徐欣夫、王引、朱石麟、李萍倩、方沛霖。

86.《秋海棠》(故事片，黑白，有聲)，中華電影聯合股份有限公司 1943 年出品。VCD（四碟），時長 202 分 3 秒。編劇、導演：馬徐維邦；攝影：王春泉。

87.《萬世流芳》(故事片，黑白，有聲)，中華電影股份有限公司、滿洲映畫協會、中華聯合製片股份有限公司、1943 年聯合出品。視頻，時長 199 分鐘 47 秒。編劇：朱石麟；導演：卜萬蒼、朱石麟、馬徐維邦、張善琨、楊小仲；攝影：余省三、黃紹芬。

88.《萬紫千紅》(故事片，黑白，有聲)，中華電影聯合股份有限公司、日本東寶歌舞團 1943 年聯合出品。視頻，時長 74 分 15 秒。編劇：陶秦；導演：方沛霖；攝影：莊國鈞。

89.《新生》(故事片，黑白，有聲)，中華電影聯合股份有限公司 1943 年出品。視頻，時長 70 分鐘 49 秒。編劇：吳磊；導演：高梨痕；攝影：王玉如。

90.《漁家女》(故事片，黑白，有聲)，中華電影聯合股份有限公司 1943 年出品。視頻，時長 106 分 11 秒。編劇、導演：卜萬蒼；攝影：周達明。

91.《日本間諜》(故事片，黑白，有聲)，(重慶)中國電影製片廠 1943 年出品。視頻，時長 90 分鐘 33 秒。原著：范斯伯；改編：陽翰笙；導演：袁叢美；攝影：吳蔚雲。

92. 《春江遺恨》（故事片，黑白，有聲），中華電影聯合股份有限公司、大日本映畫製作株式會社 1944 年聯合出品。視頻，時長 59 分 9 秒。編劇：八尋不二、陶秦；導演：稻垣浩，胡心靈，岳楓。
93. 《紅樓夢》（故事片，黑白，有聲），中華電影聯合股份有限公司 1944 年出品。VCD（雙碟），時長 125 分 1 秒。編劇、導演：卜萬蒼；攝影：余省三；
94. 《結婚進行曲》（故事片，黑白，有聲），中華電影聯合股份有限公司 1944 年出品。視頻，時長 92 分鐘 11 秒。原著：菊池寬；改編：楊小仲；導演：楊小仲；攝影：沈勇石、李生偉。
95. 《混江龍李俊》（故事片，黑白，有聲），華北電影股份有限公司 1944 年出品。VCD（雙碟），時長 89 分 19 秒。編劇：王介人；導演：王元龍。
96. 《摩登女性》（故事片，黑白，有聲），中華電影聯合股份有限公司 1945 年出品。VCD（雙碟），時長 68 分 39 秒。導演：屠光啟。
97. 《香港電影之父——黎民偉》，DVD，監製：蔡繼光、羅卡；資料、編劇：羅卡、吳月華；導演：蔡繼光。香港藝術發展局資助，（香港）龍光影業有限公司 2001 年出品。

【注：沒有注明地域的製片公司／出品單位均來自上海】

學術資料

1. 《中國影戲大觀》，徐恥痕編纂，上海合作出版社民國十六年（1927 年）版。
2. 《現代中國電影史略》，鄭君里著，上海良友圖書印刷公司 1936 年版。
3. 《中國電影發展史》第一卷、第二卷，程季華主編，北京：中國電影出版社 1963 年版。
4. 《中國銀壇外史》，關文清著，香港廣角鏡出版社 1976 年版。
5. 《孤島見聞——抗戰時期的上海》，陶菊隱著，上海人民出版社 1979 年版。
6. 《我的探索和追求》，吳永剛著，北京：中國電影出版社 1986 年版。
7. 《銀海泛舟——回憶我的一生》，孫瑜著，上海文藝出版社 1987 年版。
8. 《中國左翼電影運動》，陳播主編，北京，中國電影出版社 1993 年版。
9. 《三十年代中國電影評論文選》，陳播主編，北京：中國電影出版社 1993 年版。
10. 《劍橋中華民國史：1912～1949 年》（下），【美】費正清、費維愷編，劉敬坤、葉宗揚、曾景忠、李寶鴻、周祖義、丁於廉譯，謝亮生校，北京：中國社會科學出版社 1994 年版。
11. 《中國現代文學三十年（修訂本）》，錢理群、溫儒敏、吳福輝著，北京大學出版社 1998 年版。
12. 《中國當代文學史教程》，陳思和主編，上海：復旦大學出版社 1999 年版。

13. 《何非光圖文資料彙編》，黃仁編，臺北：國家電影資料館 2000 年版。
14. 《行雲流水篇：回憶、追念、影存》，黎莉莉著，北京：中國電影出版社 2001 年版。
15. 《早期香港電影史 1897～1945》，周承人、李以莊著，上海人民出版社 2009 年版。
16.《中國早期電影史：1896～1937》，胡霽榮著，上海人民出版社 2010 年版。

後記：空有陽光駐校園？

自 1993 年獲得博士學位後，我在大學教書已是第二十七個年頭了。每當寒暑假來臨，學生和大部分同人離開校園後，我都會像往年一樣，每日仍舊慣，白天黑夜地守在辦公室，不是修改論文就是準備新課程，比平時還要忙，工作強度只高不低。

不過，今年的寒假比較特殊。進入臘月尤其是新年春節將近，武漢爆發的疫情一天天揪動著國人的心，沒有誰能夠平靜或等閒視之。我一邊工作，一邊關注著所有能看到的媒體資訊。最後忍不住在我實名認證的新浪微博上（袁慶豐教授的微博 https://weibo.com/1586190711/profile?topnav=1&wvr=6&is_all=1）斷續發言。

1 月 24 日 17：06

當今各地疫情雖有輕重之分，但縱觀全局已是烽火遍舉。假以時日，或有燎原之虞。時者，史也，勢也。籲請最高當局，借春晚拜年之際，啟動全境一級響應方案，午夜即率黨政大員親臨危險前沿，與各級軍警和醫務人員嚴並肩協力；休戚與共，生死同命。順天意，恤民心。國運興衰，在此一役。

北京·中國傳媒大學本校區

1 月 28 日 23：41

向武漢第五人民醫院呂小紅醫師致敬。籲請最高當局與各級屬下，向在一線為拯救民眾生命冒死拼搏的醫務人員致謝。率先垂範，不忘初心，保障供給，做好後勤工作，為人民服務到底。

北京・中國傳媒大學本校區

1 月 31 日 14：11

含淚轉發。這都是什麼事兒啊。都什麼年代了？

@xiaolwl

大家好，我是武漢市中心醫院眼科醫生李文亮。12 月 30 日，我看到一份病人的檢測報告，檢出 SARS 冠狀病毒高置信度陽性指標，出於提醒同學注意防護的角度，因為我同學也都是臨床醫生，所以在群裏發布了消息說「確診了 7 例 SARS」。消息發出後，1 月 3 日，公安局找到我並簽了訓誡書。之後我一直正常工作，在接診了新冠病毒肺炎患者後，1 月 10 號我開始出現咳嗽症狀，11 號發熱，12 號住院。

那時候我還在想通報怎麼還在說沒有人傳人，沒有醫護感染，後來住進了 ICU，之前做了一次核酸檢測，但一直沒出結果。經過治療最近又進行一次檢測，我的核酸顯示為陰性了，但目前仍然呼吸困難，無法活動。我的父母也在住院中。在病房裏，我也看到很多網友對我的支持和鼓勵，我的心情也會輕鬆一些，謝謝大家的支持。在此我想特別澄清，我沒有被弔銷執照，請大家放心，我一定積極配合治療，爭取早日出院！

武漢・武漢市中心醫院

1 月 31 日 22：42

當今疫情已呈燎原之勢，全面阻斷防控需與救治病患並重。籲請最高當局放出霹靂手段，將節後各單位上班再推遲至元宵節之後。其次，敦促教育部明確延緩大中專院校開學日期至四月份，以期最大程度避讓開春進城務工大潮，保護青少年身心健康。若無人民，何來國家？學子有恙，國族必殤。

北京 · 中國傳媒大學本校區

2 月 3 日 14：16

『長江！長江！我是黃河，聽到請回答！』『泰山！泰山！我是雄鷹，聽到請回答！』『延安！延安！延安！我是八五麼！我是八五麼！』『母鼠母鼠！雄貓捉住了子鼠！請趕快向子鼠落雨！』『張軍長！張軍長！請你看在黨國的份上，伸出手來，拉兄弟一把！』『快去！告訴列寧，布哈林，是叛徒！』

北京 · 中國傳媒大學本校區

2 月 7 日 00：28

希望不是真的，希望不是真的。『殺人放火金腰帶，修橋補路無人埋』，這是萬惡的舊社會。『千村薜荔人遺矢，萬戶蕭疏鬼唱歌』，這是萬惡的舊社會。不遭天譴，沒有天理。這是國家的民族的噩夢。更是每一個人的噩夢。

@美逸君 01

驚聞李文亮醫生不幸去世，太難過了…向英雄致敬忍不住哭了，我們一定要記住為民請命的英雄們，人活著要有良知……

……

2 月 10 日 21：16

正在寫抗戰電影的論文。抗戰初期的國統區電影中，你會發現，一方面揭露敵人的殘暴和國軍的英勇無畏，另一方面除了要啟蒙民眾，還要對付漢奸。什麼是漢奸？除了通敵，就是大敵當前，國難當頭之時，瘋狂欺壓同胞、欺上瞞下、說一套做一套、貪污受賄、趁人之危、發國難財，總體上是『前方吃緊後方緊吃』！

@楊曉春

所以，武漢官方是專門來破壞支持行動的麼？

#現在完全理解上海醫療隊為什麼要自帶廚子保安了#

2 月 11 日 16：42

這篇文章認為，此次疫情延續時間和造成的影響大約一年（半年直接影響，半年間接影響），影響全社會各方面，須有心理準備和系統應對措施。我感興趣的文章建議是，實施三級疫區劃分和管理，可動用軍隊；實行一線醫護人員輪崗制，領導黨員先上。全篇條理分明，實操性強，應盡早落實。「迄今為止關於本次戰疫最走心最系統的思考和建議……」

……

2 月 17 日 22：40

籲請人大：設每年 1 月 2 號為國土防疫日並公祭遇難者；授予八大夫國家英雄稱號；抗疫期間殉職者不論軍民，均視同烈士，優撫其遺屬終身；一線醫護人員上崗一天，免個稅一年；強制一線醫護人員每週輪休同時長；免除疫區病亡者喪葬費並高額賠償；本年度在湖北工作超過三百天的中國公民免費醫療及免個稅一年。

北京・中國傳媒大學本校區

2 月 28 日 20：31

教育部啟動在線教學是明智之舉。全校通識課《中國電影藝術簡史》將與 3 月 2 日在中國大學慕課網站在線開課。這是本課程第三輪開課，外校人士請直接在慕課平臺選課；勿忘國恥。校內同學請按照教務處的流程選課；不忘初心。兩位助教和我隨時在線恭候。課程鏈接如下……

北京・中國傳媒大學本校區

3 月 1 日 10：28

過了一天又一天，過完舊年過新年。新年沒有開學日，空有陽光駐校園。

北京 · 中國傳媒大學本校區

……

3 月 4 日 07：47

就知道會跑出有這樣畜生不如的東西。平時就有，大學裏也有。

@柯嵐-教書的人

他們下山來摘桃子了 他們下山來摘桃子了【近日，陝西省安康市中心醫院公示抗疫一線補助，這份公示在醫院內掀起軒然大波。按照公示，許多一線醫護人員所能獲得的補助極其微薄，有些一線醫護居然一分錢都拿不到。相反，醫院一干領導和行政人員，卻拿錢拿到手軟，有的醫院領導拿到的補助，比援鄂一線…展開全文

3 月 5 日 16：56

鑒於當前疫情已重創今年中國經濟，為緩解中央財政困難，同時匡正學術界科研態度、鼓勵青年學者成長、扶助學生完成學業，建議大幅壓縮所有國家級人文、社科尤其是藝術類科研項目資助金額，十萬封頂且不分重大、重點、一般、青年等級別；將節省下的錢先用於免除湖北籍及在鄂大中專在讀生的學費和生活費。

……

3 月 10 日 13：28

『鳥兒從此不許唱，花兒從此不許開。我不要這瘋狂的世界，這瘋狂的世界』。

北京 · 中國傳媒大學本校區

2 月 13 日 13：50 來自

我覺得級別越高，指示就越應該簡單明瞭，高屋建瓴抓大放小，尤其是在緊急時期。這個『要』那個『要』的，就不要了吧，讓下屬自己層層解碼分頭鼓搗那些裏腳布就好。沒見過皇上怎麼下詔，只看過黑白片兒裏眾將官腳跟一碰立正挺胸接聽手諭：著牛、李二部馳援，拂曉到達，違令者，殺。

北京 · 中國傳媒大學本校區

（注：用黑體字的微博被屏蔽或限流了）

寒假剛開始學校就實行封校，我住在南校園，辦公室在北校園，中間只隔一條短短的窄馬路，兩邊的三個出入口相對，距離不過十幾米，但白天黑夜都是雙崗，六個保安執勤。我每週除了隔三差五出去買菜到食堂打早飯，天天至少到辦公室三趟。本來假期校園裏就沒什麼人走動，現在更是一片寂靜。辦公室樓上樓下除了值班的，基本就我一人。如果加上讀研究生前和讀研究生時的日子，這樣的境況我見識過至少三十多年，這樣的日子我也熟悉和習慣了三十年。

我剛懂事的時候，和許多人一樣，是從電影上直觀地知道抗日戰爭。上學以後，更多地是從書本上熟悉了這段歷史。因為我研究生讀的是中國現代文學（1917～1949）專業，所以在我寫的許多學術論文當中，抗戰是繞不開的一個歷史事件和歷史時期。但我總覺得隔著什麼，因為我畢竟沒經歷過那個時代，「紙上得來終覺淺」（陸游：《冬夜讀書示子聿》），也沒辦法彌補這個缺憾。

但是，2003 年，在北京爆發的「非典」我全程經歷了。有一天，我走過空蕩蕩的街道，進入人影稀疏的商店。突然，我大有觸動，知道了抗戰時期人們是一種什麼心態，能夠想像甚至體會到當時人們的心理。後來我經常在課堂上和學生講起這個感受和心得。一開始學生還有興趣，因為畢竟還有一同經歷過的學生和共通的感受。但是這幾年我再講起此事，更多的是沒有反應甚至倒有反感。畢竟，十七年過去了，那時候的學生們早就離開校園，新的一代已經基本不知道了。

現在，如果過幾個月能夠正常開學，我再在課堂上講起抗戰，用當下的疫情比擬當年的抗戰，相信會有許多回應和共同的感慨。

兩個多月來，無論是白天還是夜晚，在辦公室，樓裏樓外格外地安靜，安靜得我常常聽見自己的呼吸和心跳，而這些聲音，有時候竟然比我敲打鍵盤的聲音還要響亮。每當這時候，我多半會不自覺地想起兩個人。一個是先父，已經離開我二十二年。一個是我的恩師，錢先生谷融教授，也已經離開我三年了。

這三個月，我在獨自寫作和沉思之際，常常會想起抗戰時期的武漢保衛戰，想起那些為國捐軀的忠勇官兵，還有那些死於日軍炮火的普通民眾，他們離開我和我的祖國，已有七、八十年了。我更會不自覺地想起疫情爆發後病亡的湖北民眾，他們，男女老幼，離開人世的時間，有的數月，有的幾個星期，有的不過數天，或者，就在當前。

我活著，所以不能忘記。

我把這本書，用作對他們的悼念。

嗚呼哀哉，伏惟尚饗。

袁慶豐

2020年3月1日～26日23點

記於北京東郊定福莊養心廊二分廊

附記：本書是「北京市社會科學研究項目《1936～1945年中國國防電影與抗戰電影研究》(16YTB021)」系列成果之後半部分，前半部分已結集為《黑布鞋：1936～1937年現存國防電影文本讀解》於2017年印行（臺灣花木蘭文化事業有限公司2017年9月版，「民國文化與文學研究」文叢七編，第二十一冊，ISBN 978-986-485-062-4)，敬請參閱。

本書六部影片信息

《游擊進行曲》（又名《正氣歌》，故事片，黑白，有聲），（香港）啟明影業公司 1938 年出品。VCD（雙碟），時長：80 分 2 秒。編劇：蔡楚生、司徒慧敏；導演：司徒慧敏；攝影：白英才。主演：李清、金玲、林楚楚、蔣君超、白璐、黃翔。

《萬眾一心》（故事片，黑白，有聲），（香港）新世紀影片公司 1939 年出品。VCD（雙碟），時長 78 分 58 秒。導演：任彭年；助理編導：顧文宗；攝影：阮曾三。主演：鄔麗珠、王豪、任意之、林實、劉仁傑、顧文宗、王斑、白茵、蔣銳。

《孤島天堂》（故事片，黑白，有聲），（香港）大地影業公司 1939 年出品。VCD（雙碟），時長 92 分 51 秒。劇本原作：趙英才；編劇、導演：蔡楚生；攝影：吳蔚雲。主演：黎莉莉、李清、藍馬、李景波。

《東亞之光》（故事片，黑白，有聲），中國電影製片廠（重慶）1940 年出品。錄像帶，時長 75 分 15 秒。（原片拷貝時長大約 100 分鐘）。編導：何非光；故事：劉犁；攝影：羅及之；主演：江戶洋、高橋三郎、植進、關村吉夫、中村、玉利、高橋信雄、岡村、谷口、何非光、鄭君里、朱嘉蒂、楊薇、鄭挹瑛、虞靜子、戴浩、朱銘仙、江村、張瑞芳、孫堅白（石羽）、王玨、郭壽定（陽華）、鄒任之、沈起予。

《塞上風雲》（故事片，黑白，有聲），中國電影製片廠（重慶）1940 年出品。視頻，時長 90 分 20 秒。編劇：陽翰笙；導演：應雲衛；攝影：王士珍。編劇：陽翰笙；導演：應雲衛；攝影：王士珍。主演：黎莉莉、舒繡文、周伯勳、陳天國、王斑、周峰、吳茵、韓濤、李農、井淼。

《日本間諜》（故事片，黑白，有聲），中國電影製片廠（重慶）1943 年出品。視頻，時長 90 分鐘 33 秒。原著：范斯伯；改編：陽翰笙；導演：袁叢美；攝影：吳蔚雲。主演：羅軍、陶金、王豪、秦怡、劉犁、王斑。

作者相關著述封面照

（按出版時間排序）

《黑棉襖：民國文化中的舊市民電影——1922～1931 年現存中國電影文本讀解》，「民國文化與文學研究」文叢第三編，第十一、十二冊，臺灣花木蘭文化出版社 2014 年 9 月版（ISBN 978-986-322-783-0，序 4+目 2+176 面；ISBN 978-986-322-784-7，目 2+170 面）

《黑馬甲：民國時代的左翼電影——1932～1937 年現存中國電影文本讀解》，「民國文化與文學研究」文叢第五編，第二十三、二十四冊，臺灣花木蘭文化出版社 2015 年 9 月版（ISBN 978-986-404-265-4，序 4+目 2+172 面；ISBN 978-986-404-266-1，目 2+176 面）

《黑皮鞋：抗戰爆發前的新市民電影——1933～1937 年現存中國電影文本讀解》，「民國文化與文學研究」文叢，六編，第八、九冊，臺灣花木蘭文化出版社 2016 年 9 月版（ISBN 978-986-404-700-0，序 6+目 2+220 面；ISBN 978-986-404-701-7，目 2+292 面）

《黑布鞋：1936~1937 年現存國防電影文本讀解》，「民國文化與文學研究」文叢七編，第二十一冊，臺灣花木蘭文化事業有限公司 2017 年 9 月版（序 8+目 2+228 面，136730 字，ISBN 978-986-485-062-4）